快乐学摄影

数码摄影入门
技巧和实拍解析

吕凤翯 商孟春 编著

清华大学出版社

北 京

内 容 简 介

  本书介绍数码相机的结构和性能，讲述数码摄影的基本方法和技巧，介绍一种简单易学的数码照片的处理软件——Turbo Photo，并讲述这种软件处理数码照片的基本方法，介绍一种数码照片的整理方法——专题影集。本书还讲述风光摄影、儿童摄影、花卉摄影和微距摄影的特点和技巧。本书选用了作者多年来拍摄的数百张照片，结合照片讲述技巧和方法，通过点评和欣赏照片使读者学习摄影知识和掌握摄影技巧。

  本书讲解通俗易懂，语言简洁明了，照片丰富多样，方法深入浅出。适用于数码摄影入门者阅读，对有一定基础的摄影爱好者也会有较大帮助。

图书在版编目（CIP）数据

快乐学摄影——数码摄影入门技巧和实拍解析/ 吕凤翥，商孟春编著.—北京：清华大学出版社，2010.6
ISBN 978-7-302-22188-3

Ⅰ.①快… Ⅱ.①吕… ②商… Ⅲ.①数字照相机—拍摄技术 Ⅳ.①TB86 ②J41

中国版本图书馆CIP数据核字（2010）第034217号

责任编辑：冯志强
责任校对：徐俊伟
责任印制：王秀菊

出版发行：清华大学出版社	地 址：北京清华大学学研大厦 A 座		
http://www.tup.com.cn	邮 编：100084		
社 总 机：010-62770175	邮 购：010-62786544		
投稿与读者服务：010-62776969，c-service@tup.tsinghua.edu.cn			
质 量 反 馈：010-62772015，zhiliang@tup.tsinghua.edu.cn			

印 刷 者：北京市世界知识印刷厂
装 订 者：三河市新茂装订有限公司
经 销：全国新华书店
开 本：185×200 印 张：12.4 字 数：370 千字
版 次：2010 年 6 月第 1 版 印 次：2010 年 6 月第 1 次印刷
印 数：1～5000
定 价：39.80 元

产品编号：036234-01

前　言

Preface

　　快乐学摄影是把摄影看作是一种有益身心健康的娱乐活动和提高文化素质的业余爱好。本书是作者从事业余摄影活动20多年经验和体会的总结。

　　作者从事快乐摄影的体会是长期坚持快乐摄影有助于身心健康，有利于提高文化素质。快乐摄影包括用相机拍照、用电脑处理、整理照片成集等全过程。近些年来，电脑的普及和数码相机的广泛使用，给快乐摄影提供了便利的条件并带来了极大的方便。数码相机家家几乎都有，随身携带，随时可拍。电脑走进了千家万户，大多数人都会简单的操作，不会的人一学就会。有了这两样东西就有了快乐摄影的物质基础，接着就是学习和练习了。

　　快乐摄影包括摄影和处理两个部分。摄影中充满着快乐，特别是当你拍摄到一张满意的照片时，会很高兴。数码照片可以加以处理，达到你所需要的效果，当你把一张不十分满意的照片修理成满意的照片时，也会很高兴。大量的数码照片需要进行整理，在整理过程中要查阅资料，从查阅中会学到一些知识，这也是一件高兴的事情。当你把整理好的影集给朋友们欣赏并得到朋友们赞扬时，同样是一件高兴的事情。快乐摄影就是从快乐出发，达到快乐的目的，整个摄影的过程充满快乐，收获快乐。

　　本书共8章。第1章介绍数码相机的特征和功能。第2章介绍数码相机的基本用法及摄影技巧。第3章介绍一种处理数码照片的图像处理软件——Turbo Photo的基本用法。第4章介绍整理数码照片的一种简易方法——专题影集法。第5～第8章分别讲述风光摄影、儿童摄影、花卉摄影、微距摄影的特点和技巧。本书中使用的照片都是作者多年来在国内外拍摄的，并通过这些照片讲述摄影的技巧和快乐。读者可以通过书中列举的照片欣赏到大自然的美妙，学习到一些花草和动物的知识，了解到一些昆虫的习性，拉近人与自然的关系。书中有数十幅儿童照片，展现了儿童的纯真和可爱，反映了当代儿童的幸福童年。

　　本书是针对有摄影兴趣，但却缺乏摄影经验的摄影爱好者而编写的。具有拍好照片的愿望，还要掌握数码相机的用法和数码摄影的技巧以及数码照片的处理方法，这样才会获得令人满意的照片。通过阅读本书就会解决这些问题，帮助读者拍好照片。

　　用手中的相机留住世上最美的瞬间，让我们共同在快乐摄影中体会摄影带来的乐趣。

作　者

于北京大学燕北园

目 录

CONTONS

目　录

CONTONS

拍摄流水的一张照片，这张照片利用黑色的河床和绿色的草坪村托出流动的溪水，给人一种轻柔飘逸之感。拍照使用慢快门，光圈较大，景深大，由于慢速度，可使流动的水变成绸般般的飘逸，给人们一种柔情绵绵、优雅梦幻之感。

拍摄参数：
1/100s, f/10, ISO 100

第1章
初识数码相机

　　数码相机是数码摄影的重要工具，熟悉数码相机是进行数码摄影的前提。现在有许多人都在用数码相机拍摄照片，但是其中有不少人不熟悉或不太熟悉数码相机。不熟悉数码相机是不会拍出好照片的。使用数码相机拍照的人首先要熟悉数码相机，本章就简单介绍数码相机的基本知识，通过学习可以达到初步了解和认识数码相机的目的。

1.1 数码相机

本节讲述数码相机的分类和结构以及主要特点。

1 数码相机的种类

数码相机是一种集光学、机械、电子等技术于一身的影像记录设备。它是在传统相机的基础上发展起来的。它们之间有着许多相似之处。它与传统相机最大的不同是数码相机不使用胶卷记录所拍摄的图片信息，而是使用一种叫CCD的感光器件来记录拍摄信息的。另外，数码相机还具有即拍即看和后期处理快捷方便等优点。用数码相机拍摄的照片可直接传送到电脑内进行查看和处理。建议使用数码相机拍照的人一定要学会使用电脑。

经常使用的数码相机粗略地可分为如下两类。

♂ 卡片式数码相机

这种数码相机又称为消费级数码相机，其特点是体积小，携带方便，价格便宜，操作简单，市场销售量大，适合于初学摄影者使用。所以，许多家庭选用这类数码相机，有些专业摄影师也选作辅助的摄影器材。

卡片式数码相机虽然可以满足一般的摄影要求，但是它具有如下的弱点。

① 卡片数码相机又称为一体机，因为镜头和机身是连在一起的，即无法更换镜头，因此这种相机的拍摄范围受到限制。

② 卡片数码相机控制景深的能力较差，

因此很难拍摄到主体清晰而背景虚化的照片。

③ 由于成像感光器(CCD)面积较小，因此成像质量与CCD面积较大的单反式数码相机相比较差。

④ 卡片式数码相机快门时滞较长，即从按下快门开始自动对焦到拍下照片需要的时间较长，这样不利于抓拍。

佳能PowerShot S51S卡片式数码相机的外形如图1-1所示。

♂ 单反式数码相机

单反式数码相机是单镜头反光式数码相机的简称。单反式数码相机可以更换镜头，成像质量较好，体积相对于卡片式数码相机较大，价格比较昂贵。

单反式数码相机具有下述优势，因此被广大专业摄影师和摄影发烧友所喜欢。

① 可更换镜头，适应多种功能的需要。

② 成像感光器CCD较大，成像质量较好，拍摄的照片层次更丰富，色彩更逼真。

③ 快门时滞短，连拍较快，开机速度和对焦速度都快，适合抓拍。

④ 更换不同镜头，调节景深，可以实现主体清晰背景虚化的要求。

尼康D200单反片式数码相机的外形如图1-2所示。

另外，还有一些特殊作用的数码相机，例如红外线摄影数码相机、天文摄影数码相机和防水数码相机等，这些数码相机都是为适应特殊需要而设计的，一般人很少使用。

图 1-1 卡片式数码相机

图1-2
单反式数码相机

2 数码相机的结构

数码相机是由如下8大部件组成的。

◐ 感光器件

数码相机使用感光器件来替代传统相机中的胶卷，用它来将光学信息转化为图像信息。数码相机中通常使用的感光器件称为CCD（电荷耦合器件），它是一种高感光度半导体材料。目前，还有一些数码相机使用的感光器件是CMOS（互补金属氧化物）半导体器件，它与CCD的记录方式和工作原理相同。

◐ 镜头

相机镜头按其焦距分为定焦镜头和变焦镜头。定焦镜头是指该镜头焦距是固定不变的，变焦镜头是指该镜头焦距是可以在一定范围内改变的。

相机镜头按其拍摄范围分为广角镜头、标准镜头、长焦镜头和微距镜头。

广角镜头焦距短，拍摄的范围大；标准镜头焦距为50mm，拍摄范围适中；长焦镜头焦距长，拍摄范围小；微距镜头又称巨像镜头，能够按照1：1的复制比率进行拍照，即在CCD上的影像大小与被摄物体大小相同。

下面讲述这4种常用镜头的特点和功能。

① 标准镜头如图1-3所示。焦距为50mm左右，视角范围接近人眼的视角，为45°～55°。该镜头拍摄景物基本不变形，透视关系符合人们的视觉习惯。适用范围较广，适合拍摄人像等各种类型的照片。

② 广角镜头如图1-4所示。焦距较短，通常小于35mm，视角比标准镜头大，拍摄范围比较广。在有限的距离范围内可以拍摄出大场面的照片，这种镜头适合于拍摄大场面的风光照片。另外，还有一种超广角镜头，通常称为鱼眼镜头，该镜头焦距在6～16mm之间，视角可达180°。这种镜头可

图1-3　标准镜头，焦距50mm，1：1.8D，定焦头，可配在尼康单反式数码相机上

图1-4　广角变焦镜头，焦距16～85mm，1：3.5～5.6D，AF，变焦头，防抖，是尼康单反式数码相机的专用镜头

拍摄更大范围内的景物，但是失真较大。

③ 长焦镜头如图1-5所示。焦距较长，通常大于50mm，视角比标准镜头小，在与被摄物体相同的距离上可拍摄出比标准镜头更大的影像。这种镜头适合拍摄距离较远的物体。长焦镜头根据焦距大小又分为中焦距镜头（焦距小于135mm）、长焦距镜头（焦距为135～500mm）、超长焦距镜头（焦距大于500mm）。

④ 微距镜头如图1-6所示。微距镜头可以在CCD上生成与被摄实体相同大小的影像，这样可以充分展示出被摄物体的细节。通常使用这种镜头拍摄动物、植物等静物。

图1-7、图1-8、图1-9分别是使用尼康D200单反式数码相机在距被摄物体距离相同的位置上使用广角镜头、标准镜头和长焦镜头拍摄的照片。图1-10是使用微距镜头尽可能靠近被摄物体拍摄的照片。

图1-5 长变焦镜头，焦距80～400mm，1：4.5～5.6D，AF，VR，变焦头，可配在尼康单反式数码相机上

图1-6 微距镜头，焦距105mm，1：2.8D，定焦头，可配在尼康单反式数码相机上

图1-7 尼康广角镜头，焦距16~85mm，1：3.5~5.6D，AF，VR，f8，焦距16

图1-8 尼康标准镜头，f8，焦距50mm，1：1.8D，定焦头

图1-9 尼康长变焦镜头，f8，焦距300mm，1：4.5～5.6D，AF，VR

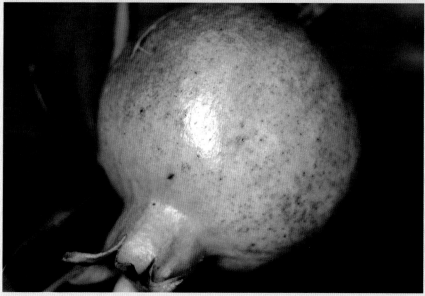

图1-10 尼康微距镜头，f8，焦距105mm，1：2.8D

在使用不是全幅式的单反式数码相机时，要注意镜头焦距的换算倍率。例如，尼康单反式数码相机镜头焦距的换算倍率为1.5。当使用50mm标准镜头拍摄时，实际焦距为75mm。佳能单反式数码相机镜头焦距的换算倍率为1.6。

✍ 微处理器

微处理器是数码相机的控制部件，它的作用是控制数码相机内各个部分协调工作，从而控制数码相机的测光、曝光、闪光以及数据运算和图像信息压缩等操作。微处理器是由若干电子器件构成的，它相当于数码相机的大脑。

✍ 取景器

取景器是用来确定拍摄照片的画面范围的，拍摄者通过取景器来选择拍摄范围和进行构图。取景器有旁轴式光学取景器、同轴式光学取景器、电子取景器3种类型。

✍ 液晶屏

液晶屏的主要功能是显示相机菜单并设置拍摄参数以及浏览拍摄过的照片。另外，对于大多数卡片式数码相机来说还具有取景器的作用，拍摄者可通过液晶屏清楚地看到取景的范围，如图1-11所示。

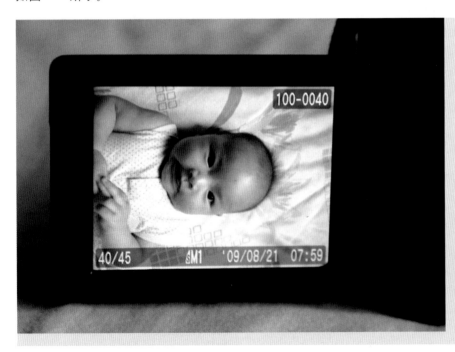

图1-11 卡片式数码相机佳能PowerShot S51S的液晶屏

✔ 存储卡

数码相机是使用存储卡来记录和保存数码照片的。不同数码相机使用不同类型的存储卡。常用的存储卡有CF卡、SD卡，此外还有xD卡、SM卡和记忆棒等。存储卡的主要技术指标是存储容量和存取速度。存储容量通常是1GB、2GB、4GB、8GB，现在已有16GB、32GB。存取速度是以每秒若干MB来计算的，通常分低、中、高3种，目前最高速度可达20MB/s。

SD卡多用于卡片式数码相机上，具有体积小、容量大、存取速度快的特点。应用范围比较广，除了用于相机的存储卡，还可作为手机、电脑、MP3等设备的存储部件。图1-12所示为一个SD卡的正面和反面。

CF卡多用于单反式数码相机上，它的体积比较大。尼康D200使用的是CF卡。图1-13所示为一个类型为III的CF卡的正面和反面。

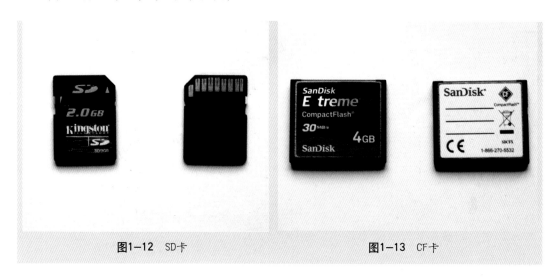

图1-12　SD卡　　　　　　　　　　　　　　　　图1-13　CF卡

✔ 数据接口

数码相机上提供了与电脑和电视机相连接的数据接口，可以十分方便地将拍摄的照片在电脑和电视机上观看。具体数据接口设置详见该相机的说明书。

✔ 配件

数码相机还有一些可供选择的配件。

（1）闪光灯如图1-14所示。

在光线不理想的情况下，可利用闪光灯进行补光。闪光灯可在极短时间内发出较强的光线。合理使用闪光灯还可以校准色彩平衡，防止产生色彩偏差。

闪光灯分为内置式和外接式两大类型。内置式闪光灯已成为数码相机的必备配置，具有使用简便的优点。由于内置式闪光灯安置在机身之上，角度无法改变，开启后强光线直接照射在被摄物体上，容易产生阴影，影响照片质量。另外，内置式闪光灯功率较小，光照范围有限，由于消耗电能很大，会减少相机的拍摄时间。外接式闪光灯是通过一种称为热靴的插座装置插到相机上的，这种闪光灯使用的是独立电源，瞬间闪光较强，不消耗相机的电池能源，还可以根据不同需要调整不同角度，以满足不同情况下的光照需要。

（2）三脚架和单脚架如图1-15所示。

三脚架和单脚架都是用来稳定相机的重要配件。它们都采用轻金属或硬塑料制成，可以通过拉长和收缩来改变长度。三脚架和单脚架的区别仅在于脚架的数量不同，三脚架有三只脚架，可以稳定放在平地上；单脚架仅有一只脚架，需要有人扶着才能稳住，多在地面不平的情况下使用，单脚架比较轻便，携带方便。

图1-14　尼康D200相机上的外接式闪光灯

三脚架和单脚架都是由直接插放相机的云台和脚架两部分组成的。通常对三脚架的要求是当三脚分开时，支撑要非常稳定，整个重量要轻，收起后体积要小。

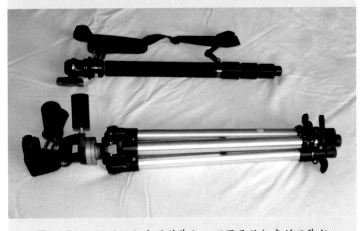

图1-15　上图是收起来的单脚架，下图是收起来的三脚架

（3）滤镜如图1-16所示。

滤镜又称为滤光镜，它是一种用于调整画面色彩或亮度的辅助工具。滤镜的种类较多，常用的有UV镜、偏光镜（PL镜）、彩色减光镜、柔光镜等。

UV镜具有吸收紫外线、改善清晰度的功能，另外还有保护相机镜头的作用，避免镜头前镜片受到划痕和弄脏。选择UV镜时要根据镜头的质量，不宜选择质量太差的UV镜，否则会影响镜头成像质量，还要注意大小与镜头相匹配。

（4）反光板如图1-17所示。

反光板是一种用来补光的辅助工具。有时在拍摄人像或者花卉以及其他静物时，自然光不够理想，可以利用反光板对被摄体局部补光，以达到较好的成像效果。

反光板的大小和表面材质及颜色是不同的，可根据需要进行选择。常用的颜色有金色、银色、白色、黑色。使用反光板应反复调整其角度，以便寻找一个满意的效果。反光板有时还可以作为背景布使用，也会有不错的效果。

图1-16 尼康D200相机焦距16～85mm广角变焦镜头上使用的UV镜

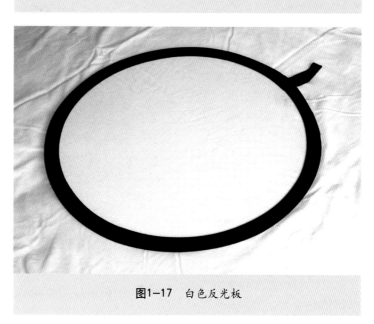

图1-17 白色反光板

(5) 遮光罩如图1-18所示。

遮光罩是一种在拍照时避免杂乱光线进入镜头的一种辅助配件，使用它可以在一定程度上保证照片的锐度和鲜艳。特别是大变焦的镜头，必须安装遮光罩将杂乱光线遮挡住，避免杂乱光在内部发生乱反射，造成缺乏反差和饱和度的现象。在强光直射镜头而没有遮光罩时，可用手来遮挡一下直射镜头的光线，但不要遮挡镜头。

(6) 电池如图1-19所示。

不同品牌的数码相机所用的电池可能不同，有的相机如某些型号的佳能相机使用通用的5号电池，有些相机使用专用的充电电池。例如，尼康D200使用7.4伏的锂充电电池，它有专门的充电器。为了不影响拍摄，至少要准备两块电池。外出摄影时不要忘记备好电池和带好充电器。

(7) 摄影包如图1-20所示。

常言道：好马配好鞍。购置了心爱的相机后，一定要购置一个摄影包，用来保护相机和存放镜头及其他配件。外出摄影时要习惯于背上摄影包，包中备好摄影需要各种的器件，使用起来十分方便。

图1-18 遮光罩

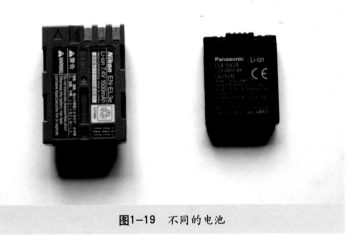

图1-19 不同的电池

3 数码相机的主要技术指标

　　市场上数码相机的种类繁多，那种相机好呢？刚学习摄影的人常常会提出这样的问题。我的回答是满足您的需要的相机就是好相机。因为不同品牌和型号的相机特点不同，每种相机都有它的长处和不足。根据您的需要，综合相机的指标是选择相机的原则。例如，有人需要一个长焦的相机，在选择卡片式数码相机时，建议选择光学放大倍数在15～20之间的相机，这种相机较多，再综合其他指标，如像素大小、光圈大小、感光度范围等。通常对于卡片式数码相机来说，为了满足某个指标，可能会牺牲其他指标，要看综合效果。数码相机的每种指标反映了数码相机的某种特性。关于各种相机的主要技术指标请看不同相机的产品介绍。

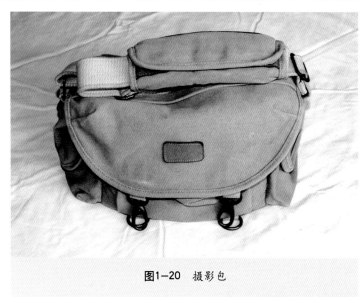

图1-20　摄影包

1.2　数码相机的基本设置

　　本节主要讲述数码相机有哪些基本设置以及如何设置，同时介绍一些数码相机的常用概念。

1 光圈和光圈设置

✿　什么是光圈

　　光圈位于镜头内部，使用光圈控制镜头的进光量。光圈用字母F来标识，光圈大小用数值来表示，数值越小，表示光圈越大。例如，F2光圈比F4光圈大。不同镜头最大光圈数值不同。光圈值的计算公式如下：

光圈F值＝镜头焦距／镜头直径

镜头直径越大，光圈F值越小，表明光圈越大。

光圈F值越小，光圈口径越大，单位时间内进入镜头的光量越多。反之，光圈F值越大，光圈口径越小，单位时间内进入镜头的光量越少。

光圈是由若干个叶片组成的，中央形成一个圆形的孔，调节叶片可以调节圆孔的大小，圆孔越大通过镜头进入相机到达感光器件的光线越多。图1-21是相机光圈的示意图，这里有3种不同大小的光圈，分别是大光圈F2.8、中光圈F8和小光圈F32。

F2.8　　　　　　　　　　F8　　　　　　　　　　F32

图1-21　不同大小的光圈示意图

♂ 如何设置光圈

不同数码相机的设置方法不同，具体需要查看该相机的说明书。

例如，佳能PowerShot S51S相机设置光圈优先的方法是调整相机上部拍摄模式旋钮至Av处，再使用◀或▶键调整光圈大小。

又例如，尼康D200相机在光圈优先的拍摄模式下可用旋转副拨盘来设置光圈。使用1：2.8焦距为106的微距镜头时可设置的光圈档数有2.8、3.2、3.5、4、4.5、5、5.6、6.3、7.1、8、9、10、11、13、14、16、18、20、22、25、26、29、32。

2 快门和快门设置

♂ 什么是快门

快门是数码相机上控制感光元件有效曝光时间的一种装置。快门速度表示快门从开启到关闭的时间间隔，它是影响照片曝光量的重要因素。快门速度值是以秒为单位。例如，2秒、1/2秒、1/200秒、1/500秒等。快门速度值越小表示快门速度越快，即在短时间内完成曝光。相反，快门速度值越大表示快门速度越慢，即在长时间内完成曝光。

快门速度与光圈值有关，在相同光圈大小的情况下，快门速度与拍摄环境光照条件及被摄物体的受光情况有关。光照充足时，可用高速快门，如1/500秒；光照较弱时，可用慢速快门，如1/60秒。

⚐ 如何设置快门

不同数码相机的设置方法不同，具体需要查看该相机的说明书。

例如，佳能PowerShot S51S相机设置快门优先的方法是调整相机上部拍摄模式旋钮至Tv处，再使用◀或▶键调整快门速度。

又例如，尼康D200相机在快门优先的拍摄模式下可用旋转主拨盘来设置光圈速度。该相机快门速度可以从30秒调至到1/8000秒之间的值。

ℐ 测光方式和设置

⚐ 测光方式

测光是拍照的重要步骤。通过测光系统可以获得被摄物体所需的曝光量，根据所需的曝光量决定光圈大小和快门速度的曝光组合。数码相机为适应不同拍摄环境和条件的需要，相机内预置了多种测光方式，供拍摄者根据不同环境进行选择。常见的测光方式有如下3种。

① 点测光。点测光仅仅对画面中央3%以内的区域进行测光，从而计算出能够表现被摄体所需的曝光量。使用点测光方式时，应选择合适的测光点。如果所选的测光点亮度较低，则照片将会曝光过度，否则照片会曝光不足。在拍照人像时，对人脸进行点测光，将会得到较好效果。

② 矩阵式测光。这种测光方式又称为多区域平均测光。在该方式下，相机将被拍摄画面分为多个区域，并对各个区域进行测光，然后相机处理器对获取的测光数据进行分析计算，最后获得准确的曝光组合。这种方式是摄影者常选择的方式，适合于风光摄影、团体合影、旅游摄影等场合。

③ 中央重点测光。在该方式下，相机测光元件会兼顾中央和整个画面的光线情况，先计算中央区域曝光量，再根据中央以外的部分光线强度对前面计算的曝光量进行调整，获得整张照片的曝光量。该测光方式常用于将被摄主体放在画面中央的照片。例如，拍摄花卉、动物和生活照等场合。

⚐ 测光方式的设置

不同相机对测光方式有不同的设置方法，具体请查看该相机的说明书。例如，尼康D200有3种测光方式，通过机身背面上部的旋转测光选择器来选择，如图1-22所示。在测光选择器左边自上而下有3个标记，分别是中央重点测光、矩阵式测光、点测光3种方法。拍摄照片之前，根据需要旋转测光选择器来选择一种适用于构图和照明条件的测光方式，并在取景器中确认当前选择。

图1-22 测光选择器

4 曝光模式和设置

✿ 曝光模式的种类

为了适应不同拍摄者的需要，为了在不同摄影场景下都能拍摄出较好的照片，数码相机提供了多种适应不同摄影环境的曝光模式，不同的数码相机提供的具体曝光模式稍有差异。拍摄者在拍摄照片前根据情况进行选择。通常有如下几种。

（1）AUTO全自动曝光模式。这种模式摄影不需要设置任何拍摄参数，完全由相机自动控制，只需要瞄准被摄物体按下快门即可。这种模式操作非常简单，几乎人人都会，又被称为"傻瓜"模式。

（2）P程序自动曝光模式。该模式与AUTO全自动摄影模式有相似之处，但是两者之间有其本质区别。

P档拍摄可以手动调整ISO感光度、白平衡等诸多功能参数，还可在不改变曝光量的情况下，对光圈与快门进行联动调整，以适应拍摄各种题材的照片。

P档又被称为"万能模式"，对于大多数初学摄影者来讲该档使用频率是最高的。

（3）S(TV)快门优先曝光模式。该模式要求在拍摄前预先设置好快门速度。不同相机提供了不同的设置快门速度的方法，请查看该相机的说明书。例如，尼康D200设置快门速度的方法是在该模式下旋转相机背面右上方的主指令拨盘。

快门速度不宜设置过低，否则照片将会模糊。通常为保证照片清楚而使用的最慢快门速度称为"安全快门速度"。人们认定安全快门速度为所用镜头焦距的倒数。例如，使用镜头的焦距为200mm，安全快门速度应为1/200秒。在快门速度小于1/30秒时，建议使用三脚架，这样可确保照片的清晰度。

快门优先的曝光模式多适用于下面的拍摄环境。

✿ 拍摄运动的物体或使用长焦镜头时，快门速度一般应大于1/250秒。

✿ 拍摄夜景时，需要较长的曝光时间，通常快门速度设置在1/5秒或数秒。

✿ 在拍摄流水、瀑布或夜间车流时，为造成特殊效果，可根据情况使用慢快门速度。

（4）A(AV)光圈优先曝光模式。该模式要求在拍摄前预先设置好光圈大小，在按下快门时相机自动调整快门速度实现正确曝光。不同相机提供了不同的设置光圈大小的方法，请查看该相机的说明书。例如，尼康D200设置光圈大小的方法是在该模式下旋转相机正面右上方的副指令拨盘。

光圈是用来控制通过镜头进入的光线多少的。光圈的数值表示为

$$焦距 / 光圈直径 \quad (mm)$$

可见，光圈数值越小，口径越大；光圈数值越大，口径越小。光圈数值减小一级，曝光量相应减少一倍。

光圈优先的曝光模式多适用于下面的拍摄环境。

✿ 拍照人像时常用F2.8以上的大光圈将其背景虚化，以便突出主体。

✿ 拍摄风光照片时常用F22或更小的光圈，以便增加景深，使得画面上所有景物都清晰。

✿ 使用小光圈会使光源变成带光芒的星星，以造成星光效果。

✿ 通常光学镜头的最佳分辨率在光圈F5.6或F8处，即为镜头最大光圈减少二至三档时的光圈。

（5）M全手控曝光模式。 这种曝光模式是一种光圈大小和快门速度都由拍摄者控制的曝光模式。采用这种曝光模式时，拍摄者在拍摄前要根据拍摄的意图手动地设置好光圈的大小和快门的速度，相机在拍摄时根据设置光圈大小值和快门速度值来获得所需的曝光量。专业摄影师常采用这种曝光模式。

全手控曝光模式多适用于下面的拍摄环境。

✔ 在光线复杂多变的场合下常使用这种模式。例如，酒吧、舞台等场合。

✔ 在拍摄焰火和闪电时可用这种模式。

✔ 在大批量复制拍摄时也可用这种模式。

图1-23是在光圈优先曝光模式下拍摄的芍药花照片，通过检验这张照片的曝光情况，从左侧直方图上来看其曝光基本合适。

图1-23
检验照片的曝光情况

✔ 曝光模式的设置

不同数码相机设置曝光模式的方法不同，要通过阅读该相机的说明书来了解。多种数码相机在机身上方有一个可以旋转的转盘，通过旋转转盘来选定曝光模式。

佳能PowerShot S51S相机的曝光模式称为拍摄模式，在机身上方右侧有一个转盘，如图1-24所示，转盘上给出了该相机可供选择的拍摄模式。各个符号的含义可见该相机的说明书。

尼康D200是通过一个MODE按钮和旋转主拨盘来设置曝光模式的。

图1-24 佳能PowerShot S51S相机拍摄模式转盘

5 白平衡设置

白平衡的概念

白平衡是数码相机中的一个重要概念。了解白平衡还得从光源的色温说起。在不同的拍摄环境下，会遇到不同的光源。例如，晴天的自然光、阴天的自然光、室内的白炽灯光、室内的日光灯光、阴影下的光等。不同的光源具有不同的色温，它们照射在相同物体上会出现不同的颜色。例如，白炽灯照射的物体用数码相机拍摄出来感觉颜色偏红，日光灯照射的物体用数码相机拍摄出来感觉颜色偏蓝。由于人的大脑会对拍摄出的图像色彩进行准确的还原，于是人眼所看到的不同光源照射的颜色是尽可能一样的。但是，由于CCD传感器本身没有这种还原功能，因此就必须对它输出的信号进行还原，这种还原就叫做白平衡。当前所有的数码相机几乎都有自动白平衡调整功能，会根据光源的变化自动调整白平衡。有的数码相机为了更准确地还原色彩还设置了手动白平衡调整模式。

白平衡的设置

白平衡分两种：一种是自动白平衡，另一种是手动白平衡。下面分别介绍这两种白平衡的设置方法。

（1）自动白平衡的设置。数码相机本身提供了若干种白平衡调整模式，拍摄者可根据拍摄环境选择某种模式。一般数码相机提供如下几种模式。

- 日光白平衡模式。该模式适用于天气晴朗、光照充足的室外条件。在这种条件下，采用该模式会得到色彩还原较好的照片。
- 白炽灯白平衡模式。白炽灯又称钨光。用于室内使用钨丝灯的拍摄条件中，这样会获得较好的色彩还原。
- 日光灯白平衡模式。日光灯又称荧光。用于室内使用荧光灯的拍摄条件中，这样会获得较好的色彩还原。
- 阴天白平衡模式。该模式适用于阴天多云的室外自然光拍摄条件，在树阴下拍摄时也可选用这种模式。
- 自动白平衡模式。这种模式是数码相机默认的白平衡模式。在这种模式下，相机感光元件根据当前的拍摄条件自动校正偏色，正确还原画面色彩。一般情况下，使用该模式拍摄可以获得较满意的照片，但在有些情况下，如日光强照、浓云遮日条件下效果较差。

佳能PowerShot S51S 相机自动白平衡的设置方法是按相机背面"FUNC."按钮，出现如图1-25所示的画面，其中"AWB"为设置自动白平衡选项，图的下方提供了白平衡的多项选择，符号含义详见该相机的说明书。

图1-25 佳能PowerShot S51S 相机自动白平衡设置

尼康D200相机自动白平衡的设置方法是使用主菜单中的"白平衡"菜单项进行选择，如图1-26所示。

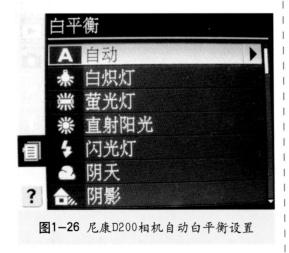

图1-26 尼康D200相机自动白平衡设置

（2）手动白平衡的设置。设置手动白平衡时先要准备好一张A4大小的白纸并按如下方法操作。

- 将相机镜头调至大光圈端，镜头对准白纸，用手动对焦方式使白纸充满画面，按下快门进行拍照。
- 在相机主菜单中，选择"自定义白平衡"选项，再选择刚才拍照的白纸照片，按"确定"按钮，这时以白纸作为白色基准点的白平衡数据导入相机。
- 按下"白平衡"按钮，即完成设置。

（3）调整白平衡的作用。

调整白平衡的主要作用是为了使在不同光源照射下的被摄物体获得的照片能准确地还原色彩。其次还可利用调整白平衡实现特殊效果。例如，要使画面色彩偏蓝，可将白平衡设置为白炽灯模式；要使画面色彩偏红，可将白平衡设置为日光灯模式；要将白平衡设置为自动模式，画面色彩基本正常。

（4）使用图形软件调整白平衡。

通常可将白平衡设置在自动档，拍摄后再使用图形软件进行调整。具体实现方法由所选择的图形软件所定。

3 感光度设置

不同数码相机给出的ISO感光度值不同。尼康D200给出的ISO值从小到大分别有100、125、160、200、250、320、400、500、640、800、1000、1250、1600等。数值越大表示感光度越高；感光度越高，照片上的噪点越大。噪点是表现在照片上杂乱的色点，通常将照片放大后会看得更加清楚。

关于感光度的使用做如下说明。

- 通常在不用闪光灯弱光线的拍摄条件下或在拍摄高速运动的场合下，可以用加大感光度来提高拍摄速度。

- 使用卡片式数码相机时，感光度通常不要超过200；使用单反式数码相机时，感光度通常不要超过800，否则会出现噪点。目前有些单反数码相机的感光度可以加到很大。
- 在使用闪光灯拍摄时，感光度可选用400。

佳能PowerShot S51S相机感光度的设置是使用相身背面标有ISO的按钮，当液晶屏上出现如图1-27所示的信息时，通过再次按下该按钮来调整感光度的值。

尼康D200相机感光度的设置是在菜单中进行的。打开主菜单，在拍摄菜单中选择"ISO感光度"选项，或按下ISO按钮旋转主指令拨盘都可实现感光度的设置。图1-28是液晶屏上显示出的供选取的ISO值。

图1-27　佳能PowerShot S51S相机感光度的设置

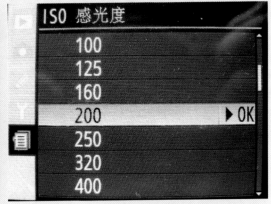

图1-28　尼康D200相机感光度的设置

1.3 拍好照片的最基本要求

1 拍摄照片最起码的要求

曾在公园做过观察，游人中90%以上带有数码相机和可以拍照的手机。在使用数码相机拍照的人中有80%以上不会正确使用。主要表现在拿起相机对准被拍对象，就使劲按一下快门，并立即收回相机。

如何正确使用数码相机呢？最基本的要求一是正确设置参数，二是正确按下快门。关于设置参数的方法前面讲过了，这里着重介绍如何正确按下快门。

在调整好参数的前提下，需要经过下述过程。

首先是将镜头对准被摄物体，通过取景器确定拍摄范围。对定焦镜头来说通过调整与被摄物体的距离，对变焦镜头来说通过调整焦点距离（相机上提供一个调节焦距的旋钮），达到对拍摄范围满意的程度。

其次半按下快门将镜头对准被摄物体进行自动聚焦，聚焦成功后，取景器有一个标志，例如有的相机出现一个固定不动的绿色小圆点。

最后，保持半按快门的状态，可移动镜头进行再次构图，直到满意后轻轻地按下快门，保持几秒钟不动，则完成拍摄任务。

总结上述过程，归纳出拍摄照片的三步曲。

✦ **取景**：镜头对准被摄物体，确定拍摄范围。

✦ **聚焦**：镜头对准被摄物体，半按快门。

✦ **拍摄**：再次构图，轻轻按下快门。

在拍摄照片按下快门之前，要考虑如下3个问题。

(1) 主题是什么？

(2) 主体突出了吗？

(3) 画面还能简洁吗？

考虑好了，再按下快门。

2 什么是好照片

什么是好照片？这个问题很难回答。不同人对好照片有不同的回答。同一张照片，不同人会有不同的看法。

我认为好照片应该是自己满意的有进步的照片。

首先是自己满意，当然连自己都不满意的照片肯定不会是好照片。自己满意也要有个标准，我衡量的标准有三点，分别如下。

一是构图能较好地反映主题，突出主体。

二是虚实处理得当，画面层次分明。

三是用光得当，立体感强。

其次是所拍摄的照片与自己以前的照片相比较有明显进步。经常拍照的人，拍摄技术应该不断提高，特别是设备也会不断更新，所拍摄照片也应该不断进步。

有人喜欢把自己拍摄的照片与摄影家拍摄的照片相比较，总感到自己拍摄的照片不行，有自卑感。这种比较无可非议，这是一种高标准的要求，关键在于正确对待比较的结果。摄影家的照片比你的好，这是理所当然的，因为人家的设备好，技术高，经验丰富。要从比较中找出差距，在以后的拍摄中改进不足，这是很重要的。例如，我在网上曾见过德国摄影家的一些作品，这些精美的作品用我现有的设备是拍摄不出来。我认为作为一个摄影爱好者能够用自己现有的设备经过努力拍摄出自己满意的照片就可以了。摄影对我来说，就是一种玩乐，在玩中寻找快乐。特别是对于退休的老人，摄影还是一种健身的方法。背着沉重的摄影器材，在室外四处奔波，这的确是一种身心的锻炼。从大自然中寻找快乐，从拍摄的照片中寻找乐趣，这就是快乐摄影。

3 好照片举例

下面我选出4张自己认为的好照片进行分析，供大家欣赏。

蓝蓝的天上白云飘

　　我喜欢蓝天，我更喜欢蓝天下的白云。这是一张在东北海拉尔的森林公园拍的照片。从构图、用光和层次几方面的处理上都比较满意。照片上突出了蓝天白云，约占2/3的面积，水面也占了较大面积，森林和建筑占的面积较少。

　　拍摄参数：1/640s，f/8，ISO 200

熊 猫

　　北京动物园的熊猫馆中有很多熊猫。这张照片是在最大的那个熊猫馆内拍摄的。这个馆有7、8只熊猫，我借助一道阳光拍摄了这只熊猫。大家知道这里是一个大厅，厅顶有玻璃可透过光线，熊猫又被放在用玻璃隔开房间里，观赏还可以，透过玻璃拍照有难度。这张照片的特点就在于抓住了一道光线，较完整地拍摄了一只熊猫，其背景被阴影黑化。摄影中要正确运用光影，构造画面。

拍摄参数： 1/160s，f/6.3，ISO 160

豪 宅

　　这张照片是在美国加州奥斯汀郊区拍摄的豪宅。这里靠山傍水，风景优美，气候宜人，这是富人们享受的好地方。拍摄时间是傍晚，房屋和树木已经拉出了长长的影子，光线比较柔和，河水泛起蓝绿光，主图选择一套橙色屋顶的院落，有二层小楼、车库、长廊、草坪、树木和休闲娱乐的地方。这张照片构图较好，线条明快，给人以清晰悦目之感。

拍摄参数： 1/160s，f/6.3，ISO 160

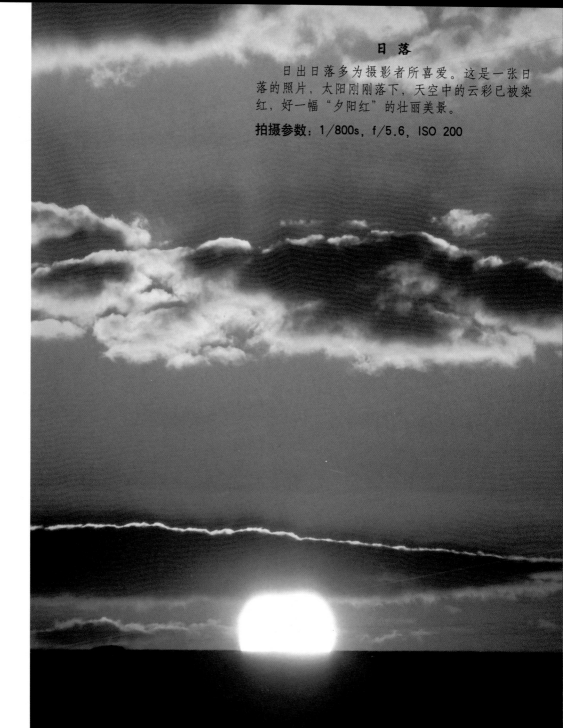

日 落

　　日出日落多为摄影者所喜爱。这是一张日落的照片，太阳刚刚落下，天空中的云彩已被染红，好一幅"夕阳红"的壮丽美景。

拍摄参数：1/800s，f/5.6，ISO 200

这是在嫩江防护堤上拍摄的照片。傍晚时刻，一场暴风雨即将来临，北边天空乌云密布，西边布满日落的彩云，江面泛起微波。绿树葱葱，水草青青，正是仲夏季节，是这里的雨季。

拍摄参数：1/250s，f/8，ISO 200

第2章
掌握基本摄影技巧

    本章讲述数码相机的基本摄影技巧。学会用数码相机拍摄照片，除了要了解所使用相机的功能外，还要掌握用数码相机拍照的技巧。拍照的技巧很多，应该先学会基本的。基本的摄影技巧有3种：构图、对焦和用光。

2.1 精心构图

1 什么是构图

摄影是一种美的享受，是在自然界和人们生活中发现美、捕捉美、记录美、传播美的过程。构图是摄影中重要的要素。

摄影中的构图就是将镜头中的多种人、物和景色进行平衡和协调，构成一种特定的画面结构，形成最佳的布局方案，进而表现出拍摄的主题和拍摄者的意图的过程或方法。

构图实际上是发现美、组织美、创作美的过程。拍摄一张照片，应该在构图上多花费一些时间，多动一番脑筋。构图是拍摄者灵感的体现和智慧的结晶。初学摄影者这方面体会不深，常常是举起相机就按快门，慢慢地通过实践和比较会理解的，这也是初学者与摄影师的一点区别。

下面就3张照片在构图上进行点评。

图2-1是一片盛开的郁金香。主题是选用郁金香表现出姹紫嫣红的春天。寓意春天是美好的，是生气勃勃的。该照片主题突出，线条优美，布局均衡，色彩搭配较好。

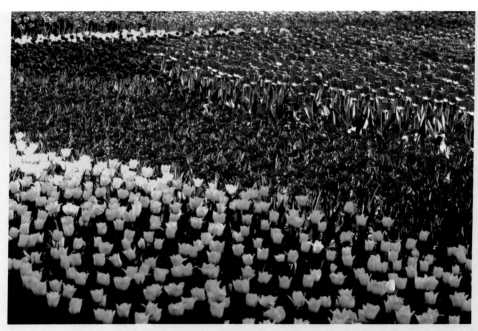

图2-1 盛开的郁金香 拍摄参数： 1/160s，f/11，ISO 200

图2-2主图是一朵盛开的碧桃花。基本位于三分点上，画面简洁，背景虚化，主体突出，反映出春天的美丽，意拍摄者对春天的向往和追求。

图2-3是一幅白天鹅的照片。主图白天鹅放在三分点上，洁白如雪的羽毛与蓝色的湖水搭配得和谐幽静。画面简洁，主体突出，意人与自然和谐相处。

图2-2 碧桃花 　**拍摄参数：** 1/160s，f/11，ISO 200

图2-3 白天鹅
拍摄参数： 1/640s，f/5.6，ISO 100

2 构图的基本规则

摄影构图是一种即兴创作的过程，它的随意性很大，基本上没有一成不变的人人必须遵守的规则。但是，人们长期以来从优秀的摄影作品中总结出一些可供摄影者参考和遵循的规则。这些规则又是摄影评论家评价一张照片的依据。

♂ 主体突出

照片的主体是最重要的因素。突出主体的方法通常有如下两种：一是简洁画面，二是对比衬托。

（1）简洁画面的方法。简洁画面的方法有两种，一是拍摄时尽量去除不必要的景物，构造一个简洁的画面，二是使用大光圈、长焦距尽量虚化背景。

图2-4是一张拍摄圆明园花灯的照片。为了突出花灯这个主体，只取蓝天白云作背景，去除了树木和建筑，使得画面简洁明快。

图2-4　花灯　拍摄参数：1/400s，f/10，ISO 160

图2-5是一张普通的花卉照片。为了突出这朵红花，这里没有在花的后面加背景布，而是用虚化背景的方法，获得了这种自然的效果。有人为了突出主体在有条件的情况下加背景布，我却喜欢使用虚化的办法来获取简化的背景，这样比较自然和谐。通常虚化的办法是使用大光圈和大焦距，也可使用微距镜头。有时为了简化画面，可将被摄体放在单色背景上，采用逆光拍照，由于明暗反差大，进而突出主体。

在摄影构图上提倡简单主义，简单易于识别，简单的画面常常给人一种清透的感觉，容易给人留下无穷的回味。

（2）对比衬托的方法。这种方法是在画面中用次要景物衬托主体。主体与衬托体的关系是前者大，后者小；前者亮，后者暗，这样可以起到突出主体作用。

图2-5 花卉　拍摄参数： 1/100s，f/5，ISO 125

图2-6拍摄的是东北齐齐哈尔市和平广场上的纪念反法西斯胜利60周年的纪念碑。主体是造型奇特的纪念碑，高大雄伟，用人和树木以及周边建筑作衬托，这些衬托物与纪念碑相比是矮小的，进而突出了纪念碑的高大形象。

图2-7是一张月季花的照片。这张照片的特点是背景较暗，比较突出刚刚开放的月季花，月季花是这张照片的主体。背景中有隐约可见的绿色的花叶作为主体的衬托。

图2-6　纪念碑　拍摄参数：1/200s，f/7.1，ISO 200

图2-7　月季花　拍摄参数：1/160s，f/7.1，ISO 160

⚓ 黄金分割

　　黄金分割的构图法则是被人们所公认的，它也适用于摄影构图。

　　黄金分割是起源于欧洲的一条古典的美学法则。将一根线段分为长短两段，短线段与长线段之比最理想的为0.618，这个比值就是黄金分割率。

　　摄影构图的三分法就是黄金分割在这方面的具体应用。将画面的长宽各分为三等份，将画面作井字形分割，其中4个交叉点便是主体放置的最佳点，被称为黄金点，如图2-8所示。

　　有些数码相机提供"井字格"的框线，可起到辅助取景的功能。

　　图2-9是一张拍摄的青蛙的照片，这只绿色的青蛙趴在荷叶上。主体是青蛙，荷叶作为衬托物，青蛙被放置在右上方的黄金点上。这张照片看上去画面简洁，主体突出。

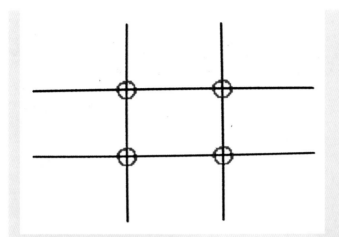

图2-8 三分法示意图

图2-9 青蛙 拍摄参数：1/160s，f/6.3，ISO 160

✂ 均衡布局

均衡布局是指构成画面的各个元素之间要稳定、和谐。

画面各元素都有它自身的重量，这个重量不是物理重量，而是视觉上的强度，称为"视觉重量"。一般来说，人物比动物重，人为物比自然物重，色彩显明的比色彩灰暗的重，暖色调比冷色调重，深色物比浅色物重。在一个画面中各元素的轻重分布应匀称。图2-10是一张风光照。近处是一片开满野花的草甸，两边有葱绿的松柏，中间有一座长着树木的青山，远处是有着积雪的山峦，整个画面均衡稳重。

对称也是一种均衡，而且是绝对的均衡。有时采用对称构图，会给画面带来稳重感，但是有点呆板。图2-11是一张采用对称构图的一座建筑图片。

地平线的处理也影响构图效果。一般要求地平线要平直，不要倾斜。地平线的位置一般不选在画面中间，而选在画面上部或下部的1/3处，视具体情况而定。如果天空景物精彩，地平线可选在下部的1/3处，用画面的2/3来表现天空。如果地面景物精彩，地平线可选在上部的1/3处，用较多画面表现地面。图2-12是在草原拍照湖面的场景，该照片中地平线选在画面的上部1/3处，以突出表现湖面的游人和一排小艇。

图2-10 风光照 拍摄参数：1/250s，f/8，ISO 100

图2-11　建筑
拍摄参数：
1/800s，f/5.6，
ISO 200

图2-12　湖面
拍摄参数：
1/800s，f/8，
ISO 160

常言道 "画留三分白"，这对摄影构图也很适用。一张照片不要太拥挤，要用一些空白来衬托主体，使主体更醒目和突出。空白不一定一无所有，一些白色影调的元素都可视为空白，如云、雾、烟、水等。图2-13是一张风景照片，在一座山坡上生长着许多松树，由于临湖常有雾气，画面上方的白色雾气构成了这幅画面的留白，会让人想象被雾遮挡的那部分山顶会是什么样的。

图2-13 风景照片 拍摄参数：1/80s，f/18，ISO 100

线条运用

线条在摄影构图中占有很重要的地位。画面中的线条会为照片添加节奏和动态的效果，可达到吸引注意力的作用。在自然界中，线条的形式可分为直线和曲线两种。直线有阳刚之感，曲线有阴柔之美。

（1）斜线式构图。图2-14是一张风光照片，拍摄于云南腾冲火山地热国家地质公园。照片的画面出现了多条斜线，两排红头矮灯组成两条斜线，大路的两边组成两条斜线，一排白头高灯又组成一条斜线。这张照片又有很鲜明的近大远小的透视效果。

（2）对角线构图。图2-15是在美国休斯顿宇航中心火箭展览厅拍摄的。画面采用的是对角线构图法。

图2-14
国家地质公园
拍摄参数：
1/250s，f/6.3，
ISO 200

图2-15
火箭展览厅
拍摄参数：
1/60s，f/4，
ISO 160

（3）S形构图。图2-16是美国芝加哥市内著名的花街，这条街坡度很大，自上而下是S形街道，两边种满了鲜花。

图2-16 花街 拍摄参数：1/320s，f/9，ISO 125

（4）三角形构图。图2-17是一张水仙花的照片，画面中3朵水仙花呈现出三角形构图。

图2-17 水仙花　拍摄参数：1/60s，f/4，ISO 250

　　（5）景框式构图。这种构图将拍摄主体置于场地提供的自然形成的框架内，其优点是更加突出主体。

　　图2-18是在鸟巢通过不规则的框架拍摄的国家体育馆和参观的游人。

♂　角度变换

　　在摄影构图时，首先要选择拍摄的角度，通常有3种：拍摄点与被拍摄对象在同一高度时称为平摄；拍摄点高于被拍摄对象时称为俯摄；拍摄点低于被拍摄对象时称为仰摄。

图2-18 景框式构图   拍摄参数：1/90s，f/6.3，ISO 200

　　平摄造成的画面效果接近于人的观察习惯，形成的透视感比较正常。平摄适用于表现具有明显线条结构和有规则图案的物体，这种拍摄角度应用较广。平摄有时不利于层次感的表现。图2-19是一张平摄的照片，拍摄于美国休斯顿瑞斯大学的楼间长廊，画面呈现出一种的透视效果。

　　仰摄可使前景高大，突出主体的效果。仰拍竖立物体可收到挺拔直立、雄伟壮观的效果。仰角过大，会造成变形。图2-20是在满洲里市内用仰摄拍照的周恩来的塑像。画面显得雄伟高大，表现出周恩来总理宽阔的胸怀和远大的志向。

图2-19　平摄
拍摄参数：1/60s，f/4.2，ISO 200

图2-20　仰摄
拍摄参数：1/200s，f/5.3，ISO 160

俯摄易于表现规模和气势，能展示出巨大的空间效果，适合于表现大规模的场面。图2-21是站在满洲里边界观景台上俯视俄罗斯边防小镇的照片。画面上有一辆货车通过边卡，右边站满人的地方是中俄边界线上41号界碑。

图2-21 俯摄 **拍摄参数:** 1/800s, f/8, ISO 200

♂ 摄影构图的注意事项

下面再介绍几点摄影构图时应该注意的事项。

(1) 横画幅与竖画幅的选择。人们通常习惯于使用横画幅拍照,但是有些时候用竖画幅会更有气势。

图2-22和图2-23是在哈尔滨太阳岛上拍摄的两张太阳神的照片。前一张是横画幅的,后一张是竖画幅的,比较可以看出竖画幅更突出主体,并更有气势。

（2）构图中的主体处理。构图中主体要明确，不可没有主体；主体要大，不能太小；主体背后不能有杂物；主体在画面中占适当位置，不要太满。

图2-24和图2-25是两张拍照同一景物的照片。在两张照片的画面中，主体都很明确，又都比较突出，主体背后无杂物，只是前一张显得主体太满，后一张比较适中。

图2-22　横画幅

图2-23　竖画幅

图2-24 主体太满   图2-25 主体适中

（3）裁剪可以弥补构图中的不足。在欣赏拍摄的照片时，经常会为某张照片的构图感到遗憾，这时可以通过裁剪处理使其达到满意的效果。

图2-26是原来拍的照片，拍摄的是草原湖边上一群正在吃草的牛。画面有条牛只拍下一半，另外构图有些杂乱。经过裁剪处理后变成图2-27所示的照片，这张照片比前一张画面更整齐些。

（4）按照"艺有法，艺无定法"的原则灵活运用构图法则。前边讲到的构图法则不要成为拍照的束缚，要追求意境，不断创新，拍出有个人特点的照片来。

图2-26
原照片

图2-27
裁剪后的照片

2.2 巧妙用光

　　摄影是用光进行造型的艺术。光线对摄影来讲非常重要。摄影者一定要了解光线的种类，不同光线的特性，各种光线对摄影的影响，学会巧妙地运用光线营造艺术效果，才会拍摄出满意的照片。

1 光线的种类

　　根据光源的属性，光线可分为两类：自然光和人造光。
　　自然光又分两种：直射光（又称强光）和散射光（又称柔光）。
　　太阳光是典型的直射光。直射光又称强光，这种光的反差较强，被摄体会留下明显阴影。
　　直射光按其光的方向可分为顺光、侧光、逆光。按一天里不同时刻可分为早晨光、上午光、中午光、下午光、傍晚光。不同角度的光线会使被照物体产生不同的色调。

2 顺光、侧光、逆光的特点和运用

♂ 顺光

　　顺光又称正面光，即光照方向与拍摄方向一致。顺光在被摄体上会产生明亮的效果，可较好地记录被摄体的真实面貌，在拍摄风景纪念照、证件照、商品广告时常用顺光。但是，这种光线不易产生阴影，缺乏层次感，画面平淡，立体感差，不适于拍摄艺术照。

　　图2-28是一张拍摄花卉的照片。由于使用顺光，被拍摄的花层次感较差，显得很平淡。

图2-28　花卉　拍摄参数：1/100s，f/4，ISO 400

图2-29是在云南拍摄的一座寺庙的大雄宝殿的照片。采用顺光，画面上主体清晰可见，但缺乏立体感。

◆ 侧光

侧光是指光线从被摄体的侧面射来，即光线与相机光轴成90度角。这种光线的特点是使被摄体半面受光，半面阴影，能够较好地表现出景物的立体感和空间感，层次丰富，有较强表现力。使用侧光拍人像时，注意阴影一面的亮度，太暗时可用反光板补光。

图2-30是在美国斯坦福大学拍摄的长廊。使用的是侧光，画面上层次感和立体感都很好。

图2-31是在美国德州圣安东尼奥拍摄的古建筑物上的雕塑。使用侧光拍摄浮雕效果较好，富有很强的表现力。

图2-29 大雄宝殿 拍摄参数：1/500s，f/7.1，ISO 160

图2-30 长廊

图2-31　雕塑　**拍摄参数：1/800s，f/5.6，ISO 100**

🔆 逆光

　　逆光又称背面光，即光线来自被摄体的后面。斜对着阳光拍摄称为侧逆光。这种用光会使得画面大部分处在阴影中，只有轮廓光或光斑。在明暗层次的表现上逆光不如侧光，但是逆光能够较好地表现出空间透视感。逆光是一种富有表现力的光线，巧妙地使用逆光可以营造出特殊的气氛和造型。例如，逆光可以拍摄出很好的剪影效果。在使用逆光拍照时，应防止阳光直射入镜头，可用遮光罩或书本等物遮挡阳光。

① 全逆光。正对着阳光拍摄称为全逆光。

图2-32是使用逆光拍摄花卉的照片，画面上出现了光晕。

图2-33是在傍晚太阳落下后，面对西方的亮光拍摄的塑像的剪影。

② 侧逆光。光线的方向位于全逆光和侧光之间。这种光线会提高色彩的饱和度，增强画面的纵深感。

图2-32　花卉
拍摄参数：1160s，f/5.3，ISO 320

图2-33　塑像
拍摄参数：1/640s，f/5.6，ISO 200

图2-34是用下午的逆侧光拍摄的紫玉兰花，画面上粉红的玉兰花更显得妖艳妩媚。

ᵌ 散射光

　　散射光又称柔光，散射光是太阳光经阴云或大气散射后的光线。在这种光线下，被摄物不会产生明暗的分界线和阴影，被摄画面显得平淡和阴沉，具有柔和、朦胧之感。

　　图2-35是在阴天拍摄的十二生肖中龙的雕塑。由于没有光线的照射，画面显得平淡、柔和。

图2-34　紫玉兰花
拍摄参数：1/400s，f/5，ISO 400

图2-35　龙雕塑

4 清晨光和傍晚光

清晨光是指早晨太阳刚刚升起时的光线，傍晚光是指下午太阳快要落下时的光线。这时的光线特点是光线角度很低，光线柔和，景物影子很长。画面的受光面呈现暖色调，阴影部分呈现冷色调。低光拍摄会使得画面富于变化。这种光线是一天中拍摄风光的最佳时刻，使用顺光、侧光和逆光都可以拍摄。

清晨和傍晚的光线还是有些区别的。清晨天空一般比较明朗，太阳升起后很快散射出光芒。傍晚天空一般比较混浊，太阳快落下时常常没有散射光芒了。清晨天空色调偏红带黄，傍晚天空色调为品红。

一天中中午的光线太强，称为顶光，不宜拍照。

图2-36是清晨打开15层楼的房间窗户俯拍的街景。画面有正在建设的高楼，已建成的商场，中间是小广场。照片有楼房的影子，这是早晨的标志。照片表现出正在建设中的齐齐哈尔。

图2-37是在日落前拍摄的街景，柔和的阳光照在两个溜狗小孩身上，拉出了长长的影子，整个画面温和、柔美。

图2-36 清晨的街景

图2-37 日落前的街景

2.3 准确曝光

为了记录影像，相机的感光器件需要一定的光量，使得相机的感光器件获得准确的光量就叫曝光。曝光是影响照片质量的关键因素，只有曝光准确，才能获得高质量的照片。本节将讨论测光和曝光问题。

1 测光

在1.2节中介绍过3种测光方式和设置方法。

测光是曝光的前提，通过测光才能获得当前拍摄所需要的曝光量，进而确定曝光参数。

拍摄照片时，首先设置感光度，接着选择合适的曝光参数—光圈和快门，才能达到准确曝光。为了确定曝光参数，就需要测光。测光时根据所拍摄的主体和拍摄环境来选择测光方式。当前的数码相机中都装有先进的测光系统，并与光圈、快门联动，根据测光的结果，相机会自动设定光圈和快门的组合，保证准确曝光。

2 曝光

在1.2节中介绍过5种曝光方式和设置方法。这里再介绍什么是曝光，曝光对影像质量的影响，正确曝光和曝光过度及不足等概念。

✄ 什么是曝光

控制相机光圈大小和快门速度，让外界景物所反射的光线通过镜头到达感光器件上形成影像，这个过程称为曝光。

✄ 曝光对影像质量的影响

曝光对影像质量的影响有如下3点。

① 影响照片层次。曝光过度，高光层次丢失；曝光不足，低光层次丢失。

② 影响照片清晰度。曝光过度或不足，会使照片清晰度下降。

③ 影响照片色彩。曝光过度或不足，导致偏色。

✄ 什么是正确曝光

正确曝光的含义有如下两点。

一是指真实地、客观地记录现场光线、色彩和影调。

二是正确表达摄影者的创作思想、意图和情感，使画面具有较强的艺术感染力。

因此，在曝光的控制上这两点都要做到。

✄ 曝光出现的3种情况

① 曝光过度。画面影像浅淡，景物明亮部分全是白的，分不出层次，色彩亮度较高，但饱和度差，如图2-38所示。

② 曝光正常。画面影像清晰度高，色彩还原好，充分记录被摄物体的明暗关系和细节，影调层次丰富，如图2-39所示。

③ 曝光不足。画面影像灰暗，景物反差较小，暗部无层次，色彩不鲜艳，如图2-40所示。

图2-38　曝光过度
拍摄参数：1/40s，f/8，ISO 400

图2-39　曝光正常
拍摄参数：1/80s，f/8，ISO 400

图2-40　曝光不足
拍摄参数：1/160s，f/8，ISO 400

3 景深

这里讲述景深的概念和影响景深的因素以及景深的控制方法。

◈ 什么是景深

在一张照片中形成清晰图像的范围被称为景深。景深是控制图像清晰范围的,也是丰富照片层次感的。景深越大,照片的清晰范围越大。景深越小,照片中前景或背景会变得模糊,照片的清晰范围就越小。

◈ 影响景深的因素

影响景深的因素有3个。

① 光圈。在拍摄距离和焦距固定的情况下,光圈小(光圈系数值大),景深大;光圈大(光圈系数值小),景深小。

图2-41光圈小(F22),景深大。

图2-42光圈大(F5.6),景深小。

② 焦距。在拍摄距离和光圈固定的情况下,焦距小,景深大;焦距大,景深小。

图2-43 焦距大(70mm),景深小。

图2-44 焦距小(20mm),景深大。

③ 拍摄距离。在焦距和光圈固定的情况下,拍摄距离远,景深小。拍摄距离近,景深大。

图2-45 拍摄距离远,景深小。

图2-46 拍摄距离近,景深大。

◈ 景深的作用

使用小景深时,能够虚化照片的前景和背景,突出表现拍摄主体。在拍摄花卉、昆虫和人像时,常常靠近被摄体,或用大光圈,或用长焦距以造成小景深的效果,达到虚化背景和前景突出主体的作用。

使用大景深时,能够获得从前景到背景都清晰的照片,并有较好的色彩层次。在拍摄风光照片和全景照片时,常常远离被摄体,或用小光圈,或用短焦距,使照片从前景到后景都比较清晰,并且色彩层次也比较丰富。

◈ 控制景深的方法

通过改变与被摄体的距离、改变光圈的大小、改变焦距的长短可以调整景深的大小。

图2-41 光圈小
拍摄参数: 1/15s, f/22, ISO 400

图2-42　光圈大
拍摄参数：1/250s，f/5.6，ISO 400

图2-43　焦距大
拍摄参数：1/160s，f/5.6，ISO 400

图2-44　焦距小
拍摄参数：1/160s，f/5.6，ISO 400

图2-48 拍摄距离远
拍摄参数：1/160s，f/5.6，ISO 400

图2-49 拍摄距离近
拍摄参数：1/120s，f/5.6，ISO 400

在改变影响景深的3个因素时应注意如下问题。

① 在近距离拍摄时，景深范围非常小，手持相机成功率低，最好使用三脚架。

② 为保证成像质量，尽量避免选择最大光圈或最小光圈，因为镜头的最大光圈或最小光圈相比其他光圈的成像质量要差些。一般镜头的最佳光圈为最大光圈缩小2～级光圈。

③ 在选择短焦距大光圈时，由于镜头像场照度不匀，会出现照片四角发暗的现象，为了避免这种现象只有减小光圈。

④ 使用镜头的长焦距拍摄时，手持相机的成功率较低，最好使用三脚架。

⑤ 通常后景深是前景深的2倍，拍摄大景深风光照片时，对焦点应靠前边一些。

4 直方图

许多数码相机都给出了直方图，这里介绍直方图的概念和作用。

◆ 什么是直方图

直方图是一种直观表达图像中颜色值的像素分布的图标。通过直方图可以判断照片的曝光情况。直方图的横轴方向代表亮度，左端为0表示黑，直方图的纵轴方向代表整个画面中该亮度像素的多少。整个直方图从左到右表示了照片中从暗到亮的像素数量分布。

◆ 直方图的作用

通过直方图中像素值的分布，可以判断饱和度和对比度。具体方法如下。

①直方图中峰值集中在左边(暗部)，则整个图像暗部较多，表示曝光不足，如图2-47所示。

② 直方图中峰值集中在右边(亮部)，则整个图像比较明亮，表示曝光过度，如图2-48所示。

③ 直方图中峰值分布均匀，则整个图像为中间色调，表示曝光正常，如图2-49所示。

④ 直方图中峰值集中在中部，则图像颜色反差较小，对比度弱，图像昏暗模糊，如图2-50所示。

⑤ 直方图中峰值集中在两边，则图像颜色反差较大，对比度强，图像清晰明亮，如图2-51所示。

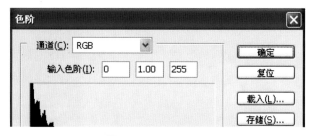

图2-47 曝光不足

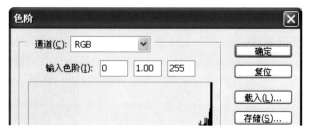

图2-48 曝光过度

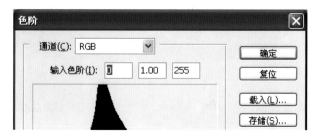

图2-49 曝光正常

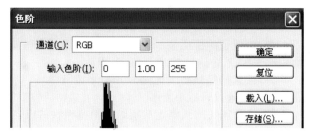

图2-50 对比度弱

5 曝光补偿

这里讲述曝光补偿的概念和方法以及应用。

✦ 什么是曝光补偿

曝光补偿是控制曝光量的一种方法，通过曝光补偿可以调节和修正曝光量，保证被摄体获得准确曝光。曝光补偿使用EV来标识，通常曝光补偿范围为±2EV。"＋"号表示增加曝光，"－"号表示减少曝光，每档可增或减1/3EV。

✦ 曝光补偿的方法

不同的数码相机曝光补偿的方法可详见该相机的说明书。佳能PowerShot S51S数码相机设置曝光补偿的方法是按相机背面如图2-52所示的标有正负号的键，再使用◄或►键调节曝光补偿，然后再按标有正负号的键。

图2-51　对比度强

图2-53　尼康D200调节曝光补偿键

✦ 曝光补偿的应用

当在逆光、强光下的水面、雪景和亮部区域较多的场景中时，如果采用相机自动获得曝光量，常常会出现曝光不足，因此需要采取正曝光补偿。

当在密林、阴影中的物体、黑色物体的特写和暗部区域较多的场景中时，如果采用相机自动获得曝光量，常常会出现曝光过度，因此需要采取负曝光补偿。

曝光补偿的基本原则是"白加黑减，亮加暗减"。

曝光补偿的值要根据具体情况而定，要凭经验确定，因此要求拍摄者要注意积累这方面的经验。

图2-52　佳能PowerShot S51S调节曝光补偿键

尼康D200单反式数码相机设置曝光补偿的方法是按住相机右上方如图2-53所示的标有正负号的键，再旋转主拨盘便可以调节曝光补偿。

这是在东北海拉尔红
花尔基森林公园拍摄
的照片。画面中的蓝
天白云是主体，遍地
的野花和树木展示出
盛夏的季节。白色的
圆形建筑，给画面增
添几分亮丽。

拍摄参数：
1/800s，f/8，ISO 200

第3章
对照片简单处理的方法

    图像处理软件有很多，常用的有Photoshop、光影魔术手、Turbo Photo等。其中，Photoshop应用较广，特别是专门进行图像处理的技术人员很喜欢这个软件。该软件功能齐全，使用方便，但是软件本身较大，掌握起来较难，特别是非计算机人员学起来较慢。

    本章讲述Turbo Photo的使用方法，因为该软件具有图像处理的基本功能，掌握容易，使用方便，操作快捷，完全可以满足摄影爱好者使用电脑对所拍摄的照片进行处理。该软件本身所占空间较小，只要用十几MB磁盘空间便可安装，运行时所占内存空间也较小。网上可以下载试用，该软件价格也较便宜。

3.1 Turbo Photo 6.5版编辑器简介

这里选用的是6.5版的Turbo Photo。该图像处理软件的编辑器主窗口如图3-1所示。

图3-1 Turbo photo编辑器窗口

窗口最顶行是标题栏，下一行是菜单栏，共有5个主菜单项，分别是文件、编辑、图像、查看和帮助。

1 常用的操作功能按钮

第3行是常用操作的功能按钮，共有9个，如图3-2所示。这9个按钮的功能自左向右分别是打开文件、存储文件、图像属性、你的照片出了什么问题、加入文字、加入图像、绘图模式、多次拍摄工具、参观特效画廊。

图3-2 常用操作的功能按钮

2 常用的图像处理功能按钮

　　主窗口左侧有6个常用图像处理功能按钮，如图3-3所示。自上至下分别是旋转与剪裁、曝光调整、色彩调整、增强与特效、外框与签名、交流与扩展。

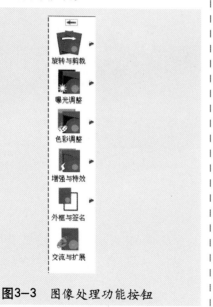

旋转与剪裁

曝光调整

色彩调整

增强与特效

外框与签名

交流与扩展

图3-3 图像处理功能按钮

3 图像编辑区

　　功能按钮右边是图像编辑区，被打开的图形文件的图像显示在这里。图像编辑区的左上方有5个小图标，如图3-4所示。这5个小图标自左向右的功能分别是放大、缩小、移动、真实尺寸、最佳显示比例。

图3-4 图标

　　单击每个图标，编辑区的图像将按该图标的功能进行操作。例如，单击第一个图标，则编辑区的图像将被放大。

3.2 照片自动快速修复法

该版本的Turbo Photo提供一种自动快速修复照片法，这种方法要求先打开要修复的文件，然后再用这种傻瓜式的方法自动修复。

1 打开文件的方法

首先要将编辑图形文件打开，其方法如下。

单击菜单栏中的"文件"菜单，在出现的下拉菜单中选择"打开文件"命令，打开如图3-5所示的"打开文件"对话框，在"查找范围"中选择所需的文件夹来查找所要打开的图形文件，双击所选中的文件名，则该文件的图像将出现在编辑区，如图3-6所示。

同样可以使用工具栏的功能按钮，单击左数第一个功能按钮，也会出现图3-5的对话框，通过操作该对话框，也可用上述方法打开文件。

图3-5 "打开文件"对话框

图3-6 打开的图像

2 自动快速修复照片法

使用自动快速修复照片法的具体操作如下。

选择"图像"菜单中的"问题中心"命令，出现如图3-7所示的"向导中心"对话框。该对话框中有12个可供选择的图标，每个图标下方标有该图标的功能。另外，还有"尝试全自动处理"、"关闭向导"按钮。

单击"向导中心"对话框中的"尝试全自动处理"按钮，当前被打开的文件被系统快速修复。修复后的照片如图3-8所示。将修复前后的照片进行比较，会发现修复后的照片在色彩和清晰度上都比原照片好些。

如果对修复后的照片满意，可以将它保存起来，否则将它丢弃。

使用"向导中心"对话框中提供的不同功能，可以对照片进行各种功能的修复。

图3-7 "向导中心"对话框

图3-8
修复后的照片
拍摄参数：1/800s，f/8，ISO 160

❸ 保存照片的方法

一张修复好的照片需要保存，可用如下方法。

单击菜单栏中的"文件"菜单项，出现如图3-9所示的菜单，再选择"存储文件"命令，出现如图3-10所示的"请选择存储方式"对话框。存储该文件有两种情况，一种情况是当新修复的文件要覆盖原文件时，在对话框中选择"存储回原来的文件"选项，在出现的Waning对话框中选择"是"。另

一种情况是当新修复的文件不要覆盖原文件时，在对话框中选择"自定义存储"选项，这时出现"另存为"对话框，在该对话框中先选好要存放的文件夹，再给出新的文件名，单击"保存"按钮。

图3-9 "文件"菜单

图3-10 "请选择存储方式"对话框

3.3 图像的旋转和裁剪

本节讲述图像的旋转和裁剪。在拍照时，有时相机端得不正，会产生偏左或偏右的倾斜，如图3-11所示。有时发现拍摄好的照片构图不满意，应去掉某些部分，如图3-12所示。校正第一种情况需要对图像进行旋转，调整第二种情况需要对图像进行裁剪。

图3-11 产生倾斜
拍摄参数: 1/800s, f/8, ISO 160

图3-12 构图不好
拍摄参数: 1/800s, f/8, ISO 160

1 图像的旋转

首先将要编辑的图形文件打开，其方法同前。双击所选中的文件名，则该文件的图像出现在编辑区，如图3-13所示。

单击图像编辑区左侧的"旋转及裁剪"功能按钮右边的小箭头，出现如图3-14所示的菜单列表。

单击"自由旋转"选项，出现了提供自由旋转操作的画面，如图3-15所示。

图3-13 打开文件

[T]旋转及裁剪 ...	Ctrl+T
向右旋转	
向左旋转	
自由旋转 ...	
水平翻转	
垂直翻转	
[B]纠正广角失真 ...	
[P]纠正透视变形 ...	
[I]图像尺寸 ...	Ctrl+I
内容感知缩放 ...	
延展画布尺寸 ...	
改动物体形状 ...	

图3-14　菜单列表

图3-15　自由旋转操作的画面

图3-16
修正后的照片

在该画面上有可被移动的垂直交叉的两条线，用来作为旋转图像时的参考基线，一条作为水平基线，另一条作为垂直基线。此时屏幕上出现一个带有箭头的半个圆弧的鼠标图标，通过旋转鼠标校正图像的偏移，校正完成后单击右下角的"确认"按钮。

完成旋转操作后，修正后的图像显示在编辑区内，认为满意时可将它按原文件名或新文件名存储保留，如不满意可以放弃，不再保留。保存文件时仍使用"文件"菜单中的"存储文件"选项。修正后的照片如图3-16所示。

2 图像的裁剪

首先将要裁剪的图形文件打开，其方法同上。被裁剪的照片显示在编辑器的编辑区内，如图3-17所示。

接着，单击图像编辑区左侧的"旋转与裁剪"功能按钮右边的小箭头，出现如图3-14的菜单列表，单击"旋转与裁剪"选项，出现"旋转与裁剪"窗口。单击该窗口左下角左边的小方块按钮，在画面四周出现可被移动的裁剪线，用鼠标移动该线进行裁剪，如图3-18所示，被裁剪的部分出现暗色。裁剪完成后单击"确认"按钮，出现"裁剪"对话框。如果肯定这次裁剪，则单击"是"按钮，否则单击"否"按钮。

最后，将裁剪过的照片存储保存，其方法同3.2节中的讲述。修改后的照片如图3-19所示。

图3-17 打开文件

图3-18 裁剪前的照片

图3-19　裁剪后的照片

3.4　曝光调整和色彩调整

　　Turbo Photo软件提供了曝光调整的功能，通过该功能可以对照片的曝光不足或曝光过度进行适当调整。该软件提供了调整白平衡的功能，通过该功能可以改善照片的色彩。该软件还提供了可视化的色彩调整功能，通过该功能可进一步调整照片的色彩。本节讲述曝光调整和偏色的修正以及色彩调整。

1 曝光调整

　　使用图3-20所示的照片来进行曝光调整。使用前面讲过的方法，在主窗口中打开要处理的照片。

70

图3-20
打开照片
拍摄参数：
1／800s，f／8，
ISO 160

曝光调整方法如下。

在该软件的主窗口中，单击图像编辑区左侧的"曝光调整"功能按钮右边的小箭头，出现如图3-21所示的菜单列表。单击该列表中的"手动曝光调整"选项，出现如图3-22所示的部分"手动曝光调整"窗口。在该窗口左侧有一个调整曝光的曲线，用鼠标拖动该曲线上的方点，可以改变曝光情况，同时直方图上的峰值也在变化。曲线上的方点数目可通过直方图下的标有数字3、5、7的按钮来改变。曲线上的方点被拖向右下方时，画面变暗，曝光不足，欠饱和。曲线上的方点被拖向左上方时，画面变亮，曝光过度，过饱和。根据拍摄意图的需要，适当调整曲线位置可获得满意的曝光。单击"自动"按钮，系统按默认的设置调整到指定的曝光值。调试结束后，如果对结果满意，单击"确认"按钮，否则单击"取消"按钮。这里选用单击"自动"按钮，得到如图3-23所示的修正后的照片。

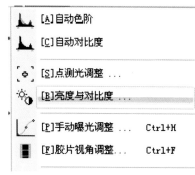

图3-21 菜单列表

图3-22
"手动曝光调整"窗口

图3-23
修正后的照片

2 偏色修正

使用白平衡可以修正偏色。图3-24是一张偏蓝的照片，可以使用调整白平衡的方法进行色彩校正。

具体做法如下。

首先，将要校正色彩的照片打开，使其出现在主窗口的编辑区内。

在该软件的主窗口中，单击图像编辑区左侧的"色彩调整"功能按钮右边的小箭头，出现如图3-25所示的菜单列表。

图3-24　偏蓝的照片　拍摄参数：1/180s，f/8，ISO 400

单击菜单列表中的"白平衡"选项，出现如图3-26所示的"白平衡"窗口，使用鼠标单击画面中某处白色的地方，这时窗口中画面色彩发生变化，单击不同的白色的地方，画面色彩会发生不同改变，可以选择一种最接近原色的画面作为调试结果。如果对当前结果满意，可单击"确认"按钮，否则单击"取消"按钮。在窗口的右下方有一个"尝试自动分析处理"按钮，单击该按钮系统则按其测试值自动处理，如果满意可以采用，否则用鼠标手动调试，直到满意为止。

3 可视化的色彩调整

单击图像编辑区左侧的"色彩调整"功能按钮右边的小箭头，出现如图3-25的菜单列表。单击该菜单列表中的"直观的颜色调

[B]尝试自动白平衡

[V]直观的颜色调整 ...

[⊕] [W]白平衡 ...

[C]一步增强色彩 ...

[A]手动色彩调整 ...

通道混合 ...

[H]HSB曲线 ...

[F]胶片视角调整 ...　　Ctrl+F

[T]色调大师

图3-25　"色彩调整"菜单列表

整"选项，出现如图3—27所示的"可视化的色彩调整"窗口。该窗口中左上角有一个"色彩通道"的下拉菜单列表，单击右端的小三角，出现的菜单列表如图3—28所示。

在"可视化的色彩调整"窗口中，左侧有一张较大一些的照片是"原始图像"，右侧有大小相同的7张照片，中间一张是"当前结果"，它左侧上边一张是"更黄"，它左侧下边一张是"更绿"，它右侧上边一张是"更紫"，它右侧下边一张是"更蓝"，它上边一张是"更红"，它下边一张是"更青"。

色彩调整的方法有两种。

一是用鼠标双击右边"当前结果"周围6张照片中任意一张，照片的色彩有一定的改变。

二是用鼠标单击"色彩通道"下拉菜单列表中的某一选项，右侧照片的色彩有一定的改变。

最后，单击"当前结果"为调整好的照片，如图3—29所示。

对调试结果满意了，可以保存。

图3—26　"白平衡"窗口

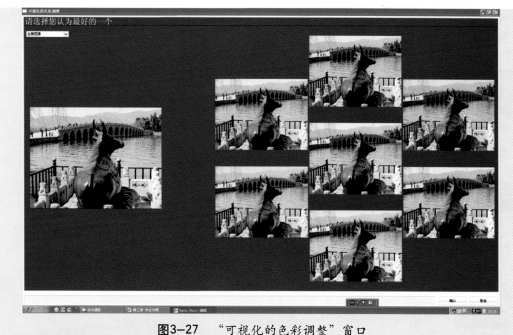

图3-27 "可视化的色彩调整"窗口

图3-28 "色彩通道"菜单列表

图3-29 调整好的照片

3.5 降低噪声和锐化

在较高的ISO感光度设置下拍摄照片时，画面上会产生很多杂乱的斑点，又称为噪点或噪声，有时拍摄的照片锐度欠佳。Turbo Photo软件提供了降低噪声和提高锐度的功能。本节介绍降低噪声和提高锐度的方法。

1 降低噪声

图3-30是一张在屋内展厅中拍摄的照片，由于灯光暗，感光度设置较高，因此照片暗淡，色彩失真，噪声较大，于是对该照片做如下处理。

01 使用"旋转及裁剪"功能按钮，对原图进行裁剪。

02 使用"曝光调整"功能按钮，选择"手动曝光调整"选项，在对应的窗口中单击"自动"按钮，进行曝光调整，得到图3-31所示的照片。

马海方 友协艺术创作院 皇城根儿下

图3-30 在屋内展厅中拍摄的照片
拍摄参数：1/100s，f/5，ISO 400

03 在主窗口中，打开图3-30所示的照片，对该照片进行降低噪声的处理。单击图像编辑区左侧的"增强与特效"功能按钮右边的小箭头，出现如图3-32所示的菜单列表。

04 在图3-32所示的菜单中，单击"降低噪声"选项，出现如图3-33所示的"降低噪声"窗口，并对当前画面自动进行降低噪声的处理。

图3-31　调整曝光后的照片

图3-32　"增强与特效"
菜单列表

图3-33 "降低噪声"窗口

对处理的结果如果满意便可保存，否则丢弃。

2 提高锐度

图3-34是一张拍摄石榴的照片，从画面上看石榴的锐度欠佳。下面介绍使用Turbo Photo软件进行锐化的方法。

在主窗口中打开要进行锐化的照片，单击图像编辑区左侧的"增强与特效"功能按钮右边的小箭头，出现如图3-32所示的菜单列表。

图3-34 锐度欠佳的照片
拍摄参数: 1/125s, f/8, ISO 400

在该菜单列表中，单击"锐化"选项，出现联级菜单，如图3-35所示。

在联级菜单中单击"超强锐化"选项，出现如图3-36所示的"超强锐化"窗口，在该窗口左上方有一个参数调节框，如图3-37所示。

图3-35 "锐化"级联菜单

图3-36 "超强锐化"窗口

在该框内有3个参数："半径"、"幅度"、"边界门限"。这里，"半径"越小，越接近边缘锐化功能的效果；"半径"越大，越接近加强对比度的效果。"幅度"表示处理强度的大小。"边界门限"用来表示只有超出此门限的部分才被处理。此值为0时，所有区域都被处理。经过反复调节参数，直到满意为止。图3-38是一张经过锐化处理后的照片。

图3-37　参数调节框

图3-38　锐化处理后的照片

3.6 添加文字和边框

Turbo Photo软件提供了在照片上加文字和加边框的功能，通过这些功能可将照片进行一番修饰。本节讲述给照片加文字和加边框的具体做法。

1 添加文字

首先，打开要添加文字的照片。打开方法同前，被打开照片出现在主窗口的编辑区内，如图3-39所示。

图3-39 打开照片

单击主窗口中的"加入文字"功能按钮，即功能按钮工具栏中左数第五个按钮，出现"插入文字"窗口。在该窗口左上方有一个对话框，如图3-40所示。对话框上方有4个标签，下方有一个文字输入区，可在该区内输入文字，包括汉字，再下方是"字体"、"尺寸"、"对齐"、"颜色"等参数。

在对话框的文本输入区内输入要添加到该照片的文字，例如输入"荷韵"两个汉字，这时在主窗口编辑区左上角白框中出现"荷韵"两字，可用鼠标拖动白框边或角，将其放大，并拖动到要放置文字的地方。文字的字体、尺寸、颜色、对齐方式都可以通过对话框内提供的参数进行调整。满意后，单击该窗口左下方的"确认"按钮。对于添加的文字满意，可将其照片保存。添加文字后的照片如图3-41所示。

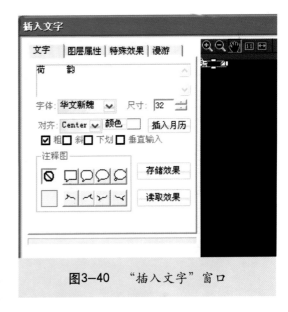

图3-40 "插入文字"窗口

图3-41 添加文字后的照片

2 添加边框

首先，将要添加边框的文件打开。例如，给图3-41的照片添加边框。在主窗口中打开图3-41所示的文件。

单击图像编辑区左侧的"外框与签名"功能按钮右边的小箭头，出现如图3-42所示的菜单列表。

单击该菜单列表中的"加入边框与签名"选项，出现如图3-43所示的"边框与签名"窗口。该窗口左侧出现两列各种不同边框的图标，下面有该边框名称的文字标注，可以从中选择所满意的边框。

单击左侧标有"虎海4"的图标后，出现如图3-44所示的窗口，在该窗口的编辑区内出现所选择的边框的照片。如果不满意的话，还可继续选择其他种类的边框，单击后新选的边框照片将覆盖原来的，这样继续下去，直到满意为止。结束该操作，可单击窗口左下角的"确认"按钮。然后，将添加了边框的照片保存。

图3-45是被添加边框后的照片。

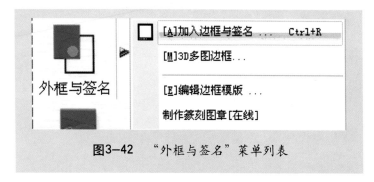

图3-42 "外框与签名"菜单列表

图3-43 "边框与签名"窗口

图3-44
选择边框类型

图3-45
添加边框后的
照片

下面是一个先加边框后加文字的例子。

图3-46是一张云南大理三塔寺照片。照片上有一座大塔和两座小塔，故称三塔。从照片上可以看出两座小塔向内倾斜。这是由于相机的广角造成的吗？不是，去过这里的人都知道，两座小塔是由于地震造成倾斜的。

将这张照片加个边框，再在下面边框留白处写上字，变成图3-47所示的照片。

图3-46 云南大理三塔寺
拍摄参数：1/750s，
f/7.1，ISO 160

图3-47 添加边框和文字

具体操作如下。

在主窗口中，打开图3-46所示的文件，图3-46照片出现在窗口的编辑区中。

单击图像编辑区左侧的"边框与签名"功能按钮，在弹出的菜单列表中单击"加入边框与签名"选项，出现"边框与签名"窗口。单击窗口左侧的"庄重边框—阴影"边框图标，在该窗口的编辑区内出现带边框的照片。说明一点，这里的"庄重边框—阴影"边框图标已经作过不要签名的编辑操作。

单击工具栏中的"加入文字"功能按钮，出现"插入文字"的窗口，在窗口左侧对话框的文本输入区中输入文字"云南大理三塔寺"，选择字体为"隶书"，选择颜色为红色，将文字调整成适当大小，拖动到画面下方的适当位置。单击窗口左下角的"确认"按钮，完成加入文字操作后，将新照片保存。

3.7 消除杂物和数字美容

Turbo Photo软件提供了可以在照片上消除不需要的景物和对人像照片中人的脸部进行美容，包括去掉斑点、柔光、变白、加艳等操作。本节介绍消除照片上多余景物和数字美容的具体做法。

1 消除杂物

消除图3-48所示的照片中树杆右侧伸出的两段枯枝。消除后变成图3-49所示的照片。

图3-48　原照片
拍摄参数：1/160s，f/4，ISO 200

图3-49 消除枯枝后的照片

具体操作如下。

首先，打开要修复的照片。打开方法同前，被打开照片出现在主窗口的编辑区中。

单击主窗口工具栏中的"绘图模式"功能按钮，即功能按钮工具栏中左数第七个按钮，出现如图3-50所示的窗口。

该窗口左侧有一个如图3-51所示的长形的对话框，框内有图标、按钮等部件。

图3-50 打开的窗口

单击框中相机形状的按钮，再设置好框中下部用圆黑点表示的笔刷的大小、柔和、压力等参数。为了便于消除操作，系统将画面放大，使用鼠标拖动画面把要消除的部分显示出来，再将光标移动到要消除物的附近，单击鼠标左键，选定十字光标所在处为消除操作后的填补图案，此时光标已变成圆圈，拖动光标到要消除的地方，光标所到之处的画面变成了十字光标所在处的图案。就这样消除了多余的杂物，并用选定的图案进行了填补。完成消除操作后，单击工具栏中的"绘图模式"功能按钮。如果修复满意，可将修复后的照片保存。读者可将图3-48与图3-49进行比较，会觉得这种修复还比较满意。

2 数字美容

数字美容是对人像照片中人的脸部进行美容。这里以图3-52所示的照片为例，对照片中小女孩的脸部进行美容操作。具体做法如下。

单击图像编辑区左侧的"增强与特效"功能按钮右边的小箭头，出现如图3-32所示的菜单列表。

单击菜单列表中的"数字美容"选项，出现如图3-53所示的"数字美容"窗口。

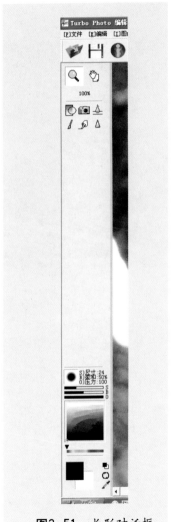

图3-51　长形对话框

图3-52　小女孩照片
拍摄参数：1/30s，f/2，ISO 500

在该窗口左上角有一个如图3-54所示的操作框，该框上半部分是"笔刷"，单击"设置"按钮，出现如图3-55所示的"设置笔刷"的对话框，这里有4个可改变的选项："尺寸"、"模糊"、"压力"、"形状"。选好选项后，单击"确认"按钮。另外，也可以通过单击窗口左侧操作框内"尺寸"的加、减号按钮来改变笔刷的大小。"回到上一步"是在实现去掉污点的操作中，取消当前操作，恢复至前一次操作。

图3-53 "数字美容"窗口

参数设置好以后，开始第一步的操作，用鼠标单击人脸上瑕疵或污点的地方，将瑕疵或污点清除干净。

图3-54 操作框

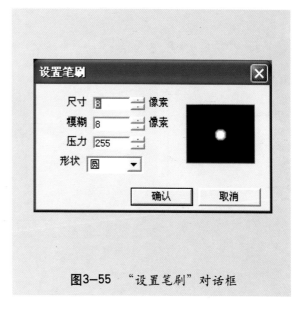

图3-55 "设置笔刷"对话框

单击图3-53所示窗口中右下角的"后一步"按钮。进入数字美容操作的第二步，出现如图3-56所示的窗口。

第二步的功能是自动改变皮肤的色调和增白。窗口中出现4张照片，左上幅是原始图像，左下幅是更鲜艳白皙，右上幅是增白效果，右下幅是增白加鲜艳。在这4张照片中选择一幅满意的，即单击所选照片左边的方框，选中后方框内出现一个对勾。单击该窗口右下方的"下一步"按钮，出现图3-57所示的窗口，数字美容进入第三步。

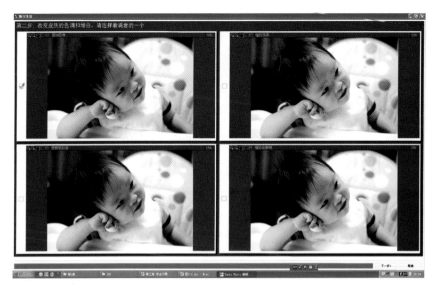

图3-56　第二步

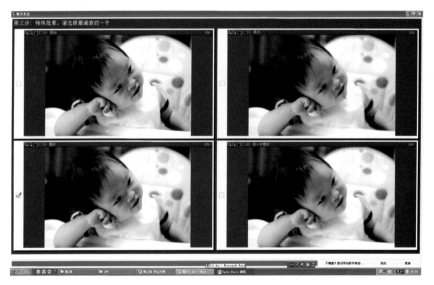

图3-57　第三步

第三步是特殊效果。在第三步窗口中也出现了4张照片。左上幅是原始图像，左下幅是磨皮，右上幅是柔光，右下幅是进一步磨皮。在这4张照片中选择一幅满意的，用鼠标单击选中照片左侧的小方框。这里选中了窗口中左下角的照片，单击窗口右下方的"完成"按钮，结束这次数字美容操作。如对所得结果满意，可以保存。图3-58是美容后的照片，与原始照片相比，可以发现小孩的脸更光润柔和了。

如果对于上述自动数字美容的效果还不满意，可以单击第三步窗口右下方的"不满意？尝试手动数字美容"按钮，单击后出现"手动数字美容"窗口，该窗口的左侧会显示如图3-59所示的调试框。

该调试框内有3个可调选项，分别是"亮度控制"、"肤色"、"磨皮"。根据需要进行调试可以进一步提高美容效果。

图3-58 数字美容后的照片   图3-59 调试框

3.8 照片处理举例

前7节讲述了使用Turbo Photo软件处理照片的一些方法。下面再举些具体实例进一步熟悉照片的处理方法。

【例3-1】 处理一幅在室内展厅中拍摄的照片。

在室内展厅内拍照受到多方面的限制，拍摄的照片需要进行处理。在室内展厅内拍照时，不允许使用闪光灯和三脚架，光线较暗，场地狭窄，交叉反光严重，有时参观人较多。相机参数设置上提高ISO，可选择600左右，ISO太高后噪点变大，色饱和度和对比度不宜过高。白平衡可设置在自动档。图3-60是一张在北京美术馆参观摄影家周建松摄影展时拍摄的。

图3-60所示的照片有很多毛病，拍的比较斜，画面暗淡，欠饱和，对比度和亮度较差。这样的照片需要处理，具体处理步骤如下。

01 使用主窗口左侧的"旋转及裁剪"功能按钮，先旋转，校正照片位置，再裁剪。原图旋转和裁剪后的照片如图3-61所示。具体操作读者自练。

02 使用主窗口左侧的"曝光调整"功能按钮，单击该功能按钮对应菜单列表中的"自动色阶"和"自动对比度"选项，再单击菜单列表中的"手动曝光调整"选项，对色彩进行微调，直到满意为止。

03 使用主窗口左侧的"色彩调整"功能按钮，单击该功能按钮对应菜单列表中的"尝试自动白平衡"选项，还可以再单击

图3-60 室内展厅拍摄的照片
拍摄参数：1/30s，f/5.3，ISO 640

"白平衡"选项，对照片白平衡进行微调，直到满意为止。

04 使用主窗口左侧的"增强与特效"功能按钮，单击该功能按钮对应菜单列表中的"降低噪声"选项，除去照片中的噪声。

快乐学摄影——数码摄影入门技巧和实拍解析

图3-61 旋转
和裁剪后的照片

图3-62 处理后的照片

图3-63 添加
边框后的照片

经过上述处理后，原照片变
成图3-62所示的照片。

05 使用主窗口左侧的"外
框与签名"功能按钮，单击该功
能按钮对应菜单列表中的"加入
边框与签名"选项，选择"竹
框"选项，也可以试选其他边
框，直到满意为止。最后获得如
图3-63所示的照片。

【例3-2】 处理一幅风光照片。

图3-64是一幅在呼伦贝尔大草原上拍摄的。近景一个马群,远景是一排蒙古包,1/3是蓝天白云,2/3是绿色草地。

将原照片做如下处理。

01 裁剪。剪去一些蓝天,达到天地之比为1:2,相应地左边也剪去一些,保持长宽比例。裁剪后如图3-65所示。

图3-64 原风光照片
拍摄参数:1/500s,
f/8,ISO 200

图3-65 裁剪后的照片

02 消除图3-65画面上左、右侧的牛，使用主窗口工具栏中的"绘图模式"按钮，获得如图3-66所示的照片。

03 使用主窗口左侧的"曝光调整"功能按钮，单击该功能按钮对应菜单列表中的"自动色阶"和"自动对比度"以及"进一步增强色彩"选项，选取"简单饱和度增加"对应的照片，经过色彩处理后，画面的色彩更明亮更鲜艳，天更蓝了，云更白了，草更绿了，马的色彩更逼真了，层次感也更强了。

图3-66 消除操作

04 使用主窗口左侧的"外框与签名"功能按钮，单击该功能按钮对应菜单列表中的"加入边框与签名"选项，选择"白色边框1"选项，该边框有签名和拍摄参数光圈大小及速度。

05 在照片上方蓝天处写一行汉字：呼伦贝尔大草原上的马群。使用的字体是"华文隶书"，颜色是黑色，大小和位置是用鼠标拉出来的。

处理后的照片如图3-67所示。

Photo by LFZ F8.01/500

图3-67 处理后的照片

【例3-3】 处理一幅色彩灰暗的照片。

图3-68是一幅欠饱和度的照片，拍于齐齐哈尔市嫩江公园，图为抗洪胜利纪念塔。由于天气阴沉，光线较暗，拍摄出的照片色彩灰暗。

图3-68 欠饱和度的照片
拍摄参数：1/200s，f/7.1，ISO 200

对该照片做如下处理。

01 使用主窗口左侧的"旋转及裁剪"功能按钮，先做少量旋转，再进行裁剪。具体操作读者自练。

02 使用主窗口左侧的"增强与特效"功能按钮，单击该功能按钮对应菜单列表中的"增强动态范围（补光或抑光）"选项，出现"增强动态范围"窗口，在该窗口左侧出现如图3-69所示的调节框。该框中有两个选项，上边选项是增强阴影部分强度，下边选项是增强高光部分强度。默认设置是增强阴影部分强度为50%，增强高光部分强度为0。根据需要，将增强阴影部分强度调为85%，增强高光部分强度调为10%。再单击该功能按钮对应菜单列表中的"降低噪声"选项，除去照片中的噪声。

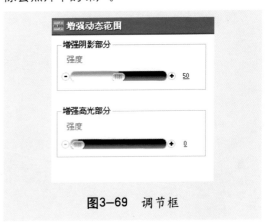

图3-69 调节框

最后获得图3-70所示的照片。

图3-70 处理后的照片

第1章
初识数码相机

第2章
掌握基本摄影技巧

第3章
对照片简单处理的方法

第4章
整理照片的一种方法

蜜蜂以采蜜为生,有花的地方常常会有蜜蜂。荷花的花蕊会吸引来很多蜜蜂,它们采集花蜜和花粉,给静雅的荷池增添了几分生气和活力。

拍摄参数:
1/800s,f/5.3,
ISO 320

第4章
整理照片的一种方法

　　本章介绍一种整理数码照片的方法，叫专题影集法。这种方法简单可行，效果较好。专题影集具有知识性、趣味性和欣赏性。作者在这章中详细讲述了专题影集的制作方法，并通过实例进行说明。

4.1 专题影集的特点

当拍了大量照片以后，需要进行整理。怎样整理呢？各人都有各自的方法，这里向大家介绍我整理照片的一种比较简单的方法。经过一段时间的实践，说明了这种方法还是行之有效的，可以满足某些人整理照片的需要，这种方法叫做专题影集法。

1 什么是专题影集

我是一个集邮爱好者，通过邮品制作过专题邮集。借助这种想法和做法，我试图用照片组成专集，可称为专题影集。每个专题影集要有一个确定的主题，选择一些照片，通过照片采用讲述故事的形式来讲述主题，或表现一个事件的过程，或记述一次难忘瞬间，或介绍一种事物等。专题影集具有知识性、趣味性和欣赏性。

专题影集有3个要素，一是有一个明确的主题，二是有足够的相关的照片，三是有描述照片的相关文字。围绕着确定的主题选取满意的照片用文字将它们连起来，构成一个图文并茂的专题影集，留给自己或他人欣赏和回忆。

制作专题影集是快乐摄影的一部分。通过制作专题影集可以感觉到挑选照片、查阅资料、写出表达心愿的文字的乐趣，当完成一个专题影集时不仅有一种成就感，而且有一种快乐感。

2 专题的选择

快乐摄影的宗旨是快乐就好，专题的选择不要苛求，根据自己的特点和爱好用相机随时记录下身边发生的事和出现的物，经过整理便可成集。

专题影集的专题范围很广泛，目前我制作出近百个小专集，涉及到有如下专题。

✔ 花卉专题

每年都拍很多花卉，按不同种类分类成集，如腊梅花、迎春花、桃花、玉兰花、郁金香、牡丹花、芍药花、海棠花、丁香花、月季花、荷花、莲花、桂花、菊花等。

✔ 动物专题

各种动物很多，我制作过黑天鹅和蝈蝈两种专题。

✔ 人物专题

人物专题我拍摄小孩较多，制作过几个小孩的专题。

✦ 风光专题

　　风光专题的素材很多，去国内外各地旅游都可拍摄到风光专题的内容，我有许多这种专题的照片，还没来得及整理。我制作过北大校园春夏秋冬四季风光的专题，并于2008年出版过《永远的校园》一书(中国出版集团现代教育出版社)。

✦ 名胜古迹专题

　　这方面的素材也很多。我经常去北京市内名胜古迹去参观，制作过的这方面的专集有白塔寺、历代帝王庙、颐和园佛香阁、景山和北海等。

✦ 展览专题

　　经常去中国美术馆看各种绘画、书法、摄影、雕塑等展览，凡是允许拍照的我都会拍些自己认为精彩的展品，然后组成专题。其中，我拍摄的《田雨霖画展》的3个专题很受老年书画协会的老师们欢迎。

✦ 演出专题

　　我看过许多演出，由于各种条件的限制很难拍摄出满意的照片。我虽然拍过一些，由于对照片不满意至今尚未制作这类专集。

　　下面是我创作的名为《黑天鹅和它的八个宝宝》影集的首页。首页上有标题、前言和一张照片。

黑天鹅和它的八个宝宝

前　言

　　　　在这里讲述一个亲眼见过的黑天鹅的故事。2008年春，圆明园东边的湖面上飞来了两只黑天鹅。这对夫妇很快就在这里下了蛋，孵出了6只小天鹅。在大天鹅的带领下，它们天天在圆明园水域中游来游去，给前来观赏的游人增添了新景物，很多人听说圆明园有黑天鹅纷纷赶来。又观荷花，又看天鹅，岂不一举两得。小天鹅经过了大约半年的时间逐渐长大了，可以独立生活了。"狠心"的大天鹅把它们都赶出了圆明园。

　　　　2008年的深夜，雌天鹅又产卵、孵蛋。10月底，8只小天鹅开始下水觅食。为了使它们安全过冬，圆明园管理处决定在湖中修建一座坐北朝南的木房子，让它们一家10口住进去，可以避风躲雨，平安地渡过北京的冬天。

　　　　这些天来，天气较暖，天鹅们每天远离住处，去寻觅食物。观看和拍摄天鹅的人群跟着天鹅在岸上游动，都在寻找好的角度留下天鹅的身影。下面是作者跟着天鹅拍下的一些镜头。

黑天鹅一家10口在游水

专题影集的特点

我向大家介绍的专题影集具有如下特点。

制作简单，修改容易

专题影集是使用Word文档制作，在Word文档中插入文件图形。许多人都可以操作，制作起来很简单。

Word文件修改编辑都很方便，无须进行专门训练。

图文并茂

专题影集看起来像是一本连环画，既有精美的照片，又有简短的文字，大人和孩子都喜欢看。

具有知识性、趣味性和欣赏性

制作专题影集是有目的性的，有的专题是介绍某种动物或植物的属性的，例如，蝈蝈专题介绍蝈蝈的生活习性，会叫的蝈蝈是公蝈蝈还是母蝈蝈？蝈蝈叫的目的是什么？为什么冬天还会有蝈蝈？等等。这里有知识性，还存在趣味性，可以学到很多有趣的东西。通过观赏一些精美的照片，会产生一种艺术的享受。有的专题是参观一个展览会或博物馆，将有教育意义或有再欣赏价值的东西拍摄下来，制成专集留作以后再欣赏或给他人观赏。这里不仅具有知识性、趣味性，有的还具有教育意义。

✍ 传播方便，影响面大

　　在电脑上制作专题影集可以放到网站上供更多人观赏，传播方便，影响面大。有的专题还可以通过电子邮件发送给亲朋好友。我放在网站上的一些专集在国外的朋友都能看到。很多朋友通过网站看到了我拍摄的照片都很高兴，知道了一些情况，学到了一些知识，看到了从前没看过的景物，并觉得我的摄影水平有长进。

　　下面是我创作的名为《国家大剧院》影集中的一页，这是音乐厅的照片和介绍。

音乐厅

　　　国家大剧院音乐厅位于歌剧院东侧，以演出大型交响乐、民族乐为主，兼顾其他形式的音乐演出。音乐厅的观众席围绕在舞台四周，设有池座一层和楼座二层，共有观众席1859个（包括合唱区）。

音乐厅的管风琴是目前国内最大的，有94个音栓，发声管达6500根之多。出自德国管风琴制造世家——约翰尼斯·克莱斯，能满足各种不同流派作品演出的需要。

音乐厅的天花板上，形状不规则的白色浮雕像一片起伏的沙丘，又似海浪冲刷的海滩，有利于声音的扩散。音乐厅的顶部、墙壁、地面、舞台、坐席与管风琴的色调搭配和谐优美。音乐厅设有休息套间和化妆套间及管风琴练习琴房。

制作专题影集的体会

要及时整理

用数码相机拍照通常要比用胶卷相机拍照的照片数量大得多，其原因是因为不用胶卷了，多拍几张也无妨，以后再从中选好的，这样就会使得照片积累越来越多。拍完的照片通常放在电脑中，由于照片精度比较高，所占的硬盘空间越来越大，这样的处理结果只好增加硬盘空间。所以，数码照片积累多了一定要及时整理。首先是去掉模糊的和重复的以及构图不好的照片，接着是按照某种意图和方法对拍摄的照片进行编排和整理。这里介绍的专题影集方法便是多种整理照片方法中的一种。

我整理照片的一点重要体会是照片要及时整理。因为时间一长就会使你的整理兴趣消失，整理难度加大，这样就不愿整理了。当照片积累的太多就更不愿整理了，整理起来也不知从何入手。

要短小精焊

经常照相的人最愁越来越多的照片将来如何保存，因此在整理照片时一定要做到忍痛割爱，去掉一些自己不满意的照片，留下少量精品，整理成集。在整理照片时要做到少而精，保证留下的都是当前自己满意的。

我对整理照片的第二个重要体会是要敢于否定自己，即从自己照出的照片中去掉一些认为不满意的，使得保留的照片少而精。

要主题鲜明

整理照片要主题鲜明，就是说要目的明确。整理照片的目的简单的说一是为自己欣赏，二是给他人观赏。不论是为自己还是为他人都应有一个明确的目的要求，通过整理要鲜明地表现出这种要求。例如，通过观测黑天鹅由排卵抱窝到赶走自己孩子的全过程，拍摄了一些照片，确定了一个专题，叫《黑天鹅的故事》，想通过这一专题运用照片说明黑天鹅的生活习惯和繁殖后代的全过程，揭示动物求生的方法，让很多不了解黑天鹅的人看了这个专题会增长关于黑天鹅的知识。

要不怕麻烦

整理照片时一定要加必要的说明，标明拍摄的背景和目的，有时还要加一些特别说明，例如，拍摄的时间和地点以及重要参数等信息。加说明文字是件很麻烦的事情，有时照片上某物件的名字记不住或者根本不认识，这时就需要查阅很多资料。当写出一句话时，还需要反复推敲是否有语法错误以及词语表达得是否准确。有个朋友对我说，他最讨厌写文字说明，他觉得写说明比拍照片还要难。我的体会是写好照片的说明尽管有难度，但是很重要，还是应该不怕麻烦，克服困难，尽量写好。通过书写大量照片说明还可以不断提高文字表达能力。

要妥善保管

费心整理好的照片一定保管好，不要轻意丢失。通常对整理好的照片要制作备份。制作备份可用大容量活动硬盘，或者用光盘。有些U盘保存信息不保险，使用时要小心。

下面是我创作的名为《北大红楼》影集中的一页，这是蔡元培先生的办公桌的照片。

蔡元培展览室中蔡元培先生的办公桌

制作专题影集可细分为如下6个步骤。

1 确定主题

每个专题影集都要有一个主题，也就是想通过一组照片说明什么问题，这就是该专集的主题，正像一篇文章的主题思想一样。通常主题是事先确定的，然后带着确定好的主题去拍摄照片。因为主题是要通过照片反映的，有时候照片拍摄完了还有可能改变主题。

确定主题的范围很广，通常可以根据下述情况来确定主题。

✔ 本人的兴趣和爱好

本人的兴趣和爱好是选定主题的重要依据，快乐摄影就是拍摄自己比较喜欢拍摄的东西。例如，我自幼就喜欢蝈蝈，我也喜欢拍摄各种姿态的蝈蝈，于是我就选择蝈蝈这一主题。有人喜欢猫狗，便可选择这方面的主题。

✔ 本人的专业和特长

本人的专业与特长也是选定主题的重要依据，根据专业确定主题在查阅资料和编写文字说明方面比较方便。例如，学习建筑的人选择建筑的主题，在编写文字说明时就可以不查或少查资料。

✔ 周围的环境和条件

考虑拍摄照片方便，可以选择一些与周围环境有关的主题。例如，我家距颐和园和圆明园比较近，并经常去这两个公园散步，选择这两个公园中的景物为主题，拍摄照片

比较方便。有人距动物园近，可经常去动物园拍摄与动物相关的主题，如大熊猫等。

✔ 抓住难得的机遇

2007年秋天，圆明园突然落户两只黑天鹅，并在那里安家落户繁衍后代。得知这个消息，我隔三两天去圆明园看一下小天鹅的变化，拍一些小天鹅成长的照片，制作了天鹅专集。生活中经常会遇到一些好的拍摄机会，一定不要放过。

2 拍摄照片

根据确定的主题到合适的地方拍摄照片。拍摄照片时，要选择能够反映主题的景物，尽量多拍摄一些照片，为以后挑选照片留有余地。例如，参观某个展览，尽量把好的展品都拍下，因为展厅中灯光不好，摆设拥挤，多拍摄一些照片将来有选择的余地。在拍照片时，可以随时记下有关资料，准备写说明时查用。例如，在拍摄展品的同时还要拍摄展品的说明，为编写文字说明提供必要的资料。

照片是专题影集的主要元素，照片的质量影响专集质量。拍照时首先是构图要反映主题，其次是拍摄技巧上要多加考虑，拍出值得欣赏的好照片。关于拍摄技巧在本书后面章节中还会详述。

3 挑选照片

在围绕着某个主题拍摄的大量照片中挑选出作为该专题影集的照片，挑选原则如下。

01 与专题内容相关的照片，即能表现该专题内容的照片。

02 自己认为是满意的照片。自己认为满意的照片应在构图上、用光上、色调上、清晰度上都表现为中上的照片。

华夏雄风

在挑选照片时要做到忍痛割爱，不要舍不得。这样可保证挑选出的照片是精品，同时又保证专题影集不会过长。通常一个专集为16~20页，每页放1~2张照片。挑选照片的好坏直接关系到专集的质量，因此一定要把好这一关。有时在挑选照片时拿不定主意，可征求其他人的意见。

庆祝中华人民共和国成立60周年时，在中国美术馆举办过一次名为《盛世风采》的全国书画展览。我参观了这次展览，并拍摄一些作品，制作了一个专题影集，下面这张照片是其中的一页，是我从很多照片中挑选的较好照片之一。

⁴ 查阅资料

查阅资料是为编写文字说明做准备的。查阅资料时要根据主题的要求，查找与挑选的照片有密切关系的材料。通常在查阅资料之前，根据主题和挑选的照片列出查阅资料的提纲，在提纲中详细说明要查阅的内容。有时给出查阅的内容很难找到，这时可以去掉相关的照片或换成其他照片。

查阅资料是件麻烦的事情，资料来源一是翻阅相关的书，家中没有相关的书时，只好去书店和图书馆；二是从电脑上查找，通常通过搜索引擎谷歌来查询十分方便。将查找到的资料用电脑或纸张记录下来。查找资料是一件很费时间和精力的事情，需要有极大的耐性和认真的精神。有时查找的资料还需要核实，尽量避免出现错误。

⑤ 编写文字

根据查阅的资料对每张照片编写文字说明。编写文字时应做到如下几点。

- ✔ 文字描述要准确，语言要通俗易懂。
- ✔ 文字说明要短小精干。
- ✔ 语言力求幽默和风趣。
- ✔ 不确切的文字不要写，有长则长，无长则短，不要凑数。

开始写文字说明时，可以请朋友帮忙修改，写过一些以后便可以自己完成了。文字说明也很重要，有时会起到画龙点睛的作用。文字说明写好了会很吸引人的。

⑥ 整装成集

专题影集可以用Word软件编写，也可用其他软件编写。由于Word软件应用广泛，使用方便，推广容易，因此我采用了这个软件。

专题影集的格式如下。

第一页为标题名称、前言或说明，如有空闲可放一张照片及说明。

从第二页开始，在竖版式情况下，每页横幅照片放2张，竖幅照片放1张；在横版式情况下，每页横幅照片放1张，竖幅照片放2张。根据情况都放1张也可以。

最后一页，在照片和说明后边可放后记，如认为没必要也可不放。

将编写好的Word文档存放在指定文件夹下，并起一个与标题名称一致的名字保存起来。

下面是我在专题影集《植物园的芍药花》中的一页。这是一张即将开放的芍药花的照片，它优美的造型吸引我拍下了这张照片。

好一朵美丽的芍药花

4.3 专题影集的制作举例

1 确定主题

这里我以荷花为主题，制作一个《说荷》的专题影集。详细讲述荷花专题影集的制作方法。

通过荷花的照片，讲述荷花的生长知识和荷花的用途，从而认识荷花和了解荷花，达到识荷和赏荷的目的，进行一次荷文化的启蒙教育。

每年仲夏时节，正是京城荷花的最佳观赏期。北京的许多公园，如圆明园、颐和园、莲花池等公园的荷花进入了盛花期。每年七月末、八月初，我都要去这些公园拍摄一些荷花的照片，饱赏荷姿和荷香。同时整理出有关荷花的影集，《说荷》影集是我从2009年夏天拍摄的荷花照片中整理出来的。

2 拍摄照片

制作关于荷花的专题，自然要到荷花盛开的公园去拍照。根据我的实践，拍照荷花最佳选择的公园是圆明园。一是圆明园荷花数量多，主要是池荷，也有盆荷；二是圆明园的荷花品种全，近些年增添了不少新品种；三是圆明园拍照荷花方便，人们可以近距离与荷花接触，当然零距离的荷花多已被人采摘；四是圆明园距我家近。正因如此，每年我都要去几次圆明园拍荷。

拍荷的最佳时间是清晨，特别是雨后的清晨一定要去，花叶上的水珠会反射出奇异的光斑。拍摄荷花最好用长焦镜头，这样前后景可以得到充分的虚化。用微距头可以拍摄盆荷中的特写镜头。拍荷时常用逆光和侧逆光，这样拍摄出来花瓣和叶片比较透，立体感强。一般来说，我喜欢照池荷，虽然距离远点，但是花大叶茂，千姿百态。

拍照荷花时，要拍摄的东西很多。有含苞待放的荷蕾，有盛开的荷花，有掉落了花瓣初露的花蕊，有幼嫩的莲蓬，有籽粒饱满成熟的莲蓬，还有千姿百态的荷叶以及荷花在水中的倒影，还有秋末初冬的残荷。总之，荷花的各个部分和不同的时期都很美丽，都该拍摄。

每年我都要拍摄很多荷花照片，从中选择好的整理成集。

3 挑选照片

每次拍摄荷花都要拍摄几十张或近百张照片。首先是照片传入电脑，先进行初选，删掉一些拍摄得不好的或重复的照片。接着，挑选出能够说明主题的精美照片。挑选照片时要有忍痛割爱的精神，选择最好的。如果照片不够，宁可重新再去拍摄，也不要降低标准，这样才能保证专集质量。所以，足够多的备选照片是做好专集的必要前提。照片多了才有选择的余地，才能选出满意的照片。

选择照片要能表现主题。例如，讲述荷叶的特征时，选择一幅内卷成舟的幼叶照片，如图4-1所示。

又例如，讲述荷花的构造时，选择如图4-2所示的照片。

又例如，讲述莲子的功能时，选择如图4-3所示的照片。

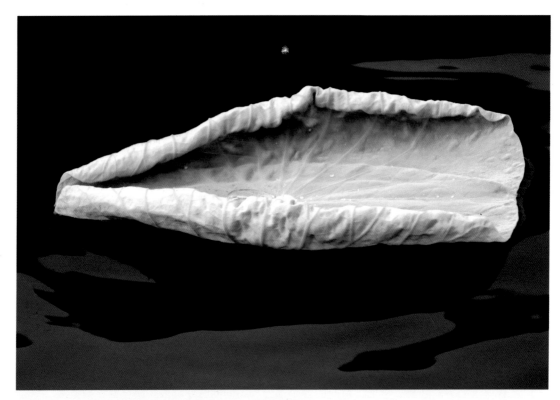

图4-1 幼叶似舟　　拍摄参数：1/80s，f/8，ISO 160

图4—2　荷花
拍摄参数：
1/400s，f/4，ISO 100

图4—3　莲子
拍摄参数：1/125s，
f/8，ISO 160

总之，根据主题的需要，可从拍摄的照片中选择出一张，然后再配上与主题密切相关的文字说明，可以边欣赏照片边学习知识。

4 查阅资料

选择好了照片，要针对照片所摄对象写出与主题相关的说明。例如，关于荷花的花的描述中给出花的结构、花期长短、花径大小等，这些知识需要查阅相关资料。每做一个影集应根据所选照片把要查阅的资料列出提纲，以备查阅。例如，该荷花专题的资料提纲如下。

1. 我国荷花栽培的历史。
2. 荷花别名。
3. 荷花的绿叶期和开花期。
4. 荷花的花的结构。
5. 荷花的叶的特征。
6. 荷花的花蕾。
7. 荷花的莲蓬。
8. 荷花的药用价值。
9. 荷花池中的鱼。
10. 荷花与鸟及其他昆虫。

按这个提纲去查阅资料，在查阅中发现新的再作补充。

5 编写文字

有了照片，又收集了相关资料，接下来的事情就是给选好的照片编写文字说明。这一步很重要，可起到画龙点睛的作用。文字编写要简短精练，通俗易懂，还要有趣味性。例如，对前面选出的3张照片编写出以下相应的文字说明。

图4-1 文字说明如下。

幼叶似舟

荷叶盾状圆形，表面深绿色，背面灰绿色，全缘并呈波状。荷叶分3种：以顶芽最初产生的叶，形小柄细，浮于水面，称为钱叶；最早从藕带上长的叶略大，也浮于水面，叫浮叶；后来从藕带上长的挺出水面的叶叫立叶。无论是钱叶、浮叶或立叶，出水前均相对内卷成棱条状。

图4-2 文字说明如下。

荷 花

荷花的花单生，两性，由花萼、花冠、雄蕊群、雌蕊群、花托、花柄等部分组成。萼片4～5个，绿色，花开后脱落；花有单瓣、复瓣、重台、千瓣之分，色有深红、粉红、白、淡绿及间色等变化；花期6～9个月，单朵花期只有3～4天，千瓣类能开10天以上；花径最大可达30厘米，小者不足10厘米；雄蕊60～450枚或瓣化，花药的附属物多黄色，花丝白色。

图4-3 文字说明如下。

莲 子

荷花的果实俗称莲子，青嫩时果皮青绿色，老熟时变为深蓝色。果皮表面有气孔，表皮下有坚固而致密的栅栏组织，气孔下有一条气孔道，成熟莲子果皮的气孔道缩得很小，不让空气和水分自由出入，甚至能阻止微生物进入。这种特殊的组织结构，就保证了莲子的长寿。

3 整装成集

《说荷》集共8页。第一页为前言和一张照片。接着7页中，每页有1张照片和说明。具体操作如下。

打开Word软件，在"新建Office文档"对话框中单击"空白文档"选项，出现Word编辑窗口。在该窗口的编辑区中可输入汉字和插入图片。选择一种汉字输入方法，将汉字输入到编辑区的当前光标处。

通常在输入多页Word文档时，要使用"插入"菜单中的"页码"菜单项，输入页码。其方法是在出现的"页码"对话框中，选择"居中"对齐方式，再单击"确定"按钮，于是每页的页码号出现在每页下方的中央。

插入照片的方法如下。

在Word窗口中选择"插入"菜单中的"图片"菜单项，在联级菜单中选择"来自文件"子菜单项，出现"插入图形"对话框。在该对话框的"查找范围"框中，通过单击右侧倒三角选择插入图形所在的文件夹，在该文件夹列出的文件中单击要选定的文件名，再单击对话框中的"插入"按钮。这时所选的图形文件的图形被插入到Word文档中的当前光标处。对插入后的图形可以进行删除、移位、缩放等编辑操作。

接着，在插入图片的下方或右方输入说明文字。为使图片尽量大些，通常一页放一张图片，最多放两张。图片太小不利于欣赏，尽量使图片大些，才会看清楚照片的细节和虚实，不要忘记欣赏照片是专集的主要目的。

根据需要有的专集可以在最后加一个"后记"，简述制作该专集的收获和体会以及感想，有的专集可以省略。

4.4 专题影集欣赏——说 荷

前 言

　　荷花原产于亚洲南部的亚热带或温带地区，我国早在3000多年前就有栽培。

　　荷花早在我国古代西周的《周书》中就有记载，在汉初时期的字典《尔雅》中有对荷花的详细描述。南北朝时期又发展有千瓣(并蒂)荷花。北魏的《齐民要术》中记有"种藕法"。隋唐以后，荷花进入了饮食文化，成为养生保健的名贵补品，莲叶、莲花、莲藕都是药膳食品。明清时期的木版年画采用荷花吉祥图案。我国的历代著名画家都有画荷的佳作，我国历代著名诗词作家也都留下了爱荷咏荷的名句。

我国古代著名诗人李白的咏荷佳作

荷花简介

　　荷花属双子叶植物毛茛目睡莲科莲属，是一种多年生水生植物。

　　荷花别名许多。例如，芙蓉、水中灵芝、水花、君子花、六月春、中国莲、凌波仙子等。

　　荷花根茎肥大多节，横生于水底泥中。叶盾状圆形，表面深绿色，背面灰绿色，叶边呈波状。叶柄圆柱形，密生倒刺。花单生于梗顶端，高托水面之上，有单瓣、复瓣、重瓣等花型。花色有白、粉、深红、淡紫等颜色，花期6～9个月。

出污泥而不染，濯清涟而不妖

荷花清白高尚、坚贞纯洁。

荷花的绿色观赏期长达8个月，群体花期在2～3个月左右。夏秋时节，人乏蝉鸣，桃李无言，亭亭荷花散发着沁人清香，使人心旷神怡。

我国古今很多文学家和诗人都写过赞美荷花的精句。下面是杨万里《晓出净慈送林子方》中的诗句。

毕竟西湖六月中，风光不与四时同。

接天莲叶无穷碧，映日荷花别样红。

幼叶似舟

　　荷叶盾状圆形，表面深绿色，背面灰绿色，全缘边呈波状。荷叶分3种：以顶芽最初产生的叶，形小柄细，浮于水面，称为钱叶；最早从藕带上长的叶略大，也浮于水面，叫浮叶；后来从藕带上长的挺出水面的叶叫立叶。无论是钱叶、浮叶或立叶，出水前均相对内卷成棱条状。

花的形貌

　　荷花的花单生，两性，由花萼、花冠、雄蕊群、雌蕊群、花托、花柄等部分组成。萼片4～5，绿色，花开后脱落；花有单瓣、复瓣、重台、千瓣之分，色有深红、粉红、白、淡绿及间色等变化；花期6～9月，单朵花期只有3～4天，千瓣类能开10天以上；花径最大可达30厘米，小者不足10厘米；雄蕊60～450枚或瓣化，花药之附屑物多黄色，花丝白色。

莲 子

    荷花的果实俗称莲子，青嫩时果皮青绿色，老熟时变为深蓝色。果皮表面有气孔，表皮下有坚固而致密的栅栏组织，气孔下有一条气孔道，成熟莲子果皮的气孔道缩得很小，不让空气和水分自由出入，甚至能阻止微生物进入。这种特殊的组织结构，就保证了莲子的长寿。

并 蒂 莲

　　并蒂莲属荷花中的千瓣莲类，是花中珍品，它集莲荷之精华于一身。并蒂莲是荷花中的一个变种，实际上它一茎产生两花，花各有蒂，蒂在花茎上连在一起，所以也有人称它为并头莲。自古以来，人们便视并蒂莲为吉祥、喜庆的征兆和善良、美丽的化身。

　　并蒂莲，茎杆一枝，花开两朵，可谓同心、同根、同福、同生的象征，寓意夫妻、兄弟，象征美满幸福。

莲花与佛教的关系

　　莲花是印度国花。印度又是佛教的发源地，所以莲花在印度与佛教有着千丝万缕的联系，无论画佛、塑佛，佛座必定是莲花台座。

　　大雄宝殿中的佛祖释加牟尼，端坐在莲花宝座之上，慈眉善目，莲眼低垂。称为"西方三圣"之首的阿弥陀佛和大慈大悲观世音菩萨也都是坐在莲花之上。其余的菩萨，有的手执莲花，有的脚踏莲花，或作莲花手势，或向人间抛洒莲花。寺院墙壁、藻井、栏杆、神账、桌围、香袋、拜垫之上，也到处雕刻、绘制或缝绣各种各色的莲花图案。

这是在东北海拉尔
红花尔基森林公园
拍摄的照片。画面
中的蓝天白云十分
抢眼，突出了蓝天
白云这个主题。

拍摄参数：
1/750s，f/8，ISO
200

第5章
风光摄影

　　风光摄影是摄影者最喜欢的主题，也是观赏者最欣赏的题材。更多的人喜欢评论风光照片。风光照片已成为人们拍摄和评论的永恒主题。本章主要讨论风光摄影的特点和技巧。

5.1 风光摄影的特点

　　风光摄影不同人像和动植物摄影，它具有如下的特点。

✓ 风光主要指自然风光，也包含人造风光，如城市建筑、园林建筑等。风光主要是静态的，拍摄时有较充足的构图时间，可以前后、左右选择合适的视角，拍摄出最美的照片。

✓ 大场面的风光照片通常选用广角镜头，为使照片画面内的景物都清晰，使用小光圈，可以产生大景深，使得画面有层次感和立体感。速度慢时可使用三脚架来稳定相机。

✓ 风光摄影主要使用自然光，有时光线较强，通常使用UV镜、偏光镜可以用来减弱紫外光、反光对照片的影响。使用UV镜还可以保护相机镜头。

　　下面介绍几张风光照片。

　　图5-1是在云南玉龙雪山海拔4000多米拍摄的草甸。近处草甸上长满了高低不齐的野草，开着五颜六色的野花。远处一片片松林，白雾遮住了玉龙雪山。这张照片所拍摄的是自然风光。

图5-1 玉龙雪山脚下的草甸　　拍摄参数：1/250s，f/8，ISO 125

图5-2是在美国华盛顿州西雅图雷尼尔雪山公园拍摄的。画面近处是湖水和树，远处是雪山的南坡，夏季里积雪融化露出了山石，这张照片也是自然风光。

图5-2 雷尼尔雪山公园　　拍摄参数：1/180s，f/7.1，ISO 100

5.2 **风光摄影的技巧**

拍好风光照片是件不容易的事情，除了要具有较好摄影设备之外，摄影技巧也是关键。同样的设备，不同人拍摄出来的作品是不同的。作为一名爱好摄影的人应该逐步学到一些摄影的技巧，不断提高摄影水平。

第5章
风光摄影

第6章
儿童摄影

第7章
花卉摄影

第8章
微距摄影

1 突出主体

　　一幅好的摄影作品都应有一个鲜明的主题，照片的主题要通过拍摄作品的主体来体现。风光照片与其他照片都要突出主体，如何突出风光摄影作品的主体呢？我的体会如下。

✔ 画面简洁

　　摄影是减法的艺术，风光摄影时拍摄者要从风姿多彩的大自然中精练地选取出能够体现主题的主体景物，构成一幅简洁明了的画面，让人看了一目了然。图5-3是在美国加州优盛美地公园拍摄的。在一块硕大的石头上巍然竖立一棵松树，让人敬佩，让人赞扬。远远望去像一位日日夜夜站立在石头上的忠于职守的哨兵。很多游人同它合影，学习它顶风冒雨的坚强意志和战胜困难的英勇精神。让照片画面简洁，除了蓝天白石之外，就是一棵苍劲的松树。

图5-3 立体突出　　拍摄参数：1/350s，f/10，ISO 100

✓ 色彩对比强烈

　　自然界中的色彩非常丰富，五颜六色都会给人一种鲜明的感觉。运用色彩的对比，通过夸大一种色彩来吸引人的眼球，达到突出主体的目的。图5-4是在美国俄亥俄州哥仑布郊区的居民区拍摄的。红叶成为这个小区的一道亮丽的风景线，马路两旁的枫树叶鲜红鲜红的，告诉人们秋天到了。这张照片以大面积的红叶为前景，充分体现小区秋日更美丽的主题。

✓ 虚实对比分明

　　虚实对比是摄影中常用的一种表现手段，通过使用大光圈拍摄主体，造成前景和背景的虚比，达到突出主体的目的。图5-5是在美国华盛顿州西雅图雷尼尔雪山公园拍摄的。对焦在雪山上，使用较大光圈，前景的草地和鲜花被虚化，雪山上堆积的白雪比较清晰。被拍摄的主体是长年积雪不化的山峰，为了说明在夏天里雪山的积雪仍然不化，使用了鲜花盛开的草地和绿油油的森林作为陪衬，告诉人们拍摄的时间是夏天。

图5-4　色彩对比强烈
拍摄参数: 1/250s, f/4, ISO 200

图5-5　虚实对比分明
拍摄参数: 1/200s, f/7.1, ISO 125

✎ 大小对比明显

在摄影作品中，通常是主体越大越能吸引观众的注意。因此，拍摄者在构图时尽量让主体占据足够的位置，这样可以通过靠近主体、利用广角镜头的夸张、使用长焦镜头拉近等方法，达到主体足够大的目的。图5-6是美国俄亥俄州克里夫兰市靠近湖边的一座外型奇特的音乐厅。该照片以大的建筑为主体，画面中的人物和水中的游船与建筑相比都小得很，这样就突出了这张照片的主体。

图5-6 大小对比明显　　拍摄参数：1/320s，f/9，ISO 160

✎ 运用裁剪处理

拍摄者由于受到拍摄环境的种种限制，常常对拍摄的照片在突出主体方面有不够满意地方。可以使用软件对照片进行后期处理，通常是用裁剪的方法进行适当的裁剪，以达到突出主体的目的。第3章介绍的图形软件就可以实现裁剪操作。

图5-7是在满洲里拍摄的中俄边境国门的照片。为了更突出国门这一主体，将左边去掉一

点，右边多去一些，使国门偏右而不是在正中央，为保持照片的长宽比例，上边和下边适当去一些。经过裁剪后，所得照片如图5-8所示。

图5-7
裁剪前的照片
拍摄参数：
1/800s，f/8，ISO 200

图5-8
裁剪后的照片

第5章
风光摄影

第6章
儿童摄影

第7章
花卉摄影

第8章
微距摄影

② 表现空间感

风光摄影应该重视空间感的表现，照片的画面上应反映出景物之间距离上的差距。如何更好地表现出画面的空间感？我的体会如下。

空间感是通过透视现象感受到的。根据透视的原理：距离越近，影像越大，影调越深，轮廓越清晰，反差越大；距离越远，影像越小，影调越浅，轮廓越模糊，反差越小。

- 在拍表现空间感的照片时，近距离广角拍摄比远距离长焦拍摄空间感强。
- 低视角拍摄前景可能挡住后景，高视角拍摄可越过前景看到后景，拍摄时要在一定的高度。
- 斜侧方向拍摄比正面拍摄透视效果好，可以通过大小或高低对比，显示出空间深度感。
- 逆光拍摄比顺光拍摄使前景和后景影调深浅分明，逆光拍摄会在景物边缘形成轮廓光，较好地体现立体效果。
- 天气晴朗，大气透明度好，易于拍摄空间感好的大场景。天空中有云雾会使景物产生近浓远淡的透视效果。
- 适当地选用前景或影子，使画面具有纵深感。选择深色前景，会增强透视效果。
- 控制景深，调节光圈不宜太小，有虚有实将前后景物区分开，有利于增强透视感。

图5-9是在美国宾州匹兹堡拍摄的部分市景。用绿树的枝叶作前景，用河流和田野作中景，用建筑和树林作背景。前景高大清晰，背景矮小模糊。画面具有一定的空间感。

图5-9 市景   拍摄参数：1/200s，f/7.1，ISO 100

图5-10是在美国加州旧金山市拍摄的金门大桥。采用侧面拍摄，近大远小，近处清晰，远处模糊，空间感表现得很明显。

图5-10 金门大桥　　**拍摄参数：** 1/160s，f/22，ISO 400

图5-11是一张站在颐和园佛香阁上向南拍摄的照片。前景是佛香阁下面的院落，中景是昆明湖，远景是龙王庙。由于天气关系，又使用了广角镜头，因此近处清晰，远处灰暗。画面体现出了空间感。

图5-11 昆明湖 拍摄参数：1/320s，f/9，ISO 160

3 控制景深

控制景深是拍摄好摄影作品的重要手段。前边讲过影响景深的3个因素分别是光圈、焦距和与被拍摄物的距离。通常利用改变这些因素来控制景深，其中改变光圈是控制景深的重要因素。

小光圈大景深清晰范围广

使用小光圈可以加深景深，即扩大景物的清晰范围，使得前景、中景和背景都清晰。

图5-12是在美国西海岸俄勒冈州太平洋的一个海湾拍摄的，这个海湾叫鲸鱼湾。这里水很深，浪也很大，晴天里碧蓝的海水让人们忘返留恋。在这里经常有鲸鱼出没。据说鲸鱼多是成双成对地游动，有时还带着它们的孩子。游人到这里总要下车观望，看看能否碰上好运气，看到游动的鲸鱼一饱眼福。拍摄这张照片时，使用了小光圈，产生了大景深，清晰的范围较大。

图5-12 鲸鱼湾　　拍摄参数：1/250s，f/8，ISO 125

第5章
风光摄影

第6章
儿童摄影

第7章
花卉摄影

第8章
微距摄影

大光圈小景深局部清晰

　　为了突出主体，拍摄风光照时，常使用大光圈，用所产生的小景深来控制某主体的局部清晰，而其他部分模糊，让观赏者将注视力集中在主体上。根据具体情况，可以只前景清晰，也可以是中景清晰。

　　图5-13是在云南丽江拍摄的某家大院。站在高处向下望，一片黑色瓦屋，其中一座高于其他瓦房的院落是当年财主家的。为了突出这个大院，让后边的背景模糊，使用的光圈较大。

图5-13　大院　　**拍摄参数：** 1/160s，f/7.1，ISO 125

● 长焦距拉近小景深

　　风光摄影中，有时需要用长焦距将远距离的景物拉近，这时由于长焦距而造成了小景深，因此聚焦面比较清晰，而前景和背景比较模糊，这样有利于突出主体。

　　图5-14是在欧洲荷兰拍摄的马群。当时马群距离较远，没有时间去接近它们，只好站在远处，用长焦将马群拉近。由于光线好，光圈较小，有一定的景深，前景和背景不是很模糊，也足够突出主体了。

图5-14 马群 **拍摄参数：** 1/500s，f/5.6，ISO 200

抓住时机和选好角度

　　风光摄影中抓住时机和选好角度是十分重要的。抓好时机是指要选择最好的光线，选好角度就是要构好图。光线和构图是获得好的风光照片的重要条件。

　　拍摄风光照片时，一般不要用逆光和直射光。因为逆光拍摄会降低对比度，使景物蒙上一层灰雾；如果阳光直射，反射光太强，会减弱照片的层次感。因此，风光照片拍摄最好选用侧光或者侧逆光，层次感强，明暗对比明显。风光照片的最佳拍摄时间是清晨和傍晚，这时的光线柔和，明亮和阴暗的区域可得到较好的调整。

图5-15是在颐和园万寿山上拍摄的十七孔桥。在一个晴天的傍晚，太阳光从西边斜射到十七孔桥的桥洞上，也照射在昆明湖东岸的树上，画面明暗对比强烈，主体表现突出，远处隐约可见的现代化高楼与近处皇家园林的建筑形成鲜明的对照，表现了新北京的发展和老北京遗产的保护。

照片的构图与拍摄者所选择的角度有关。正像很多风景区中，同样一块石头从不同的角度观察会有不同的感觉一样，同一个景物从不同的方向或不同的高度取景，会拍摄出不同的照片。因此，取景的角度对照片的构图很重要。有经验的摄影师拍摄一个景物时，总是在选择角度上花费很长时间，找到了合适的角度才开始构图拍摄，只有这样才会拍出满意的照片。

图5-15 十七孔桥　　　**拍摄参数：1/40s，f/8，ISO 100**

图5-16是在海南岛三亚拍摄的海边风光。海南风光在人们的印象中应该是蓝天白云，蓝色的海水，白色的沙滩，还有高高的椰子树。这幅照片通过精心构图充分体现出海南风光的特色。从画面上看，蓝天占2/3，椰子树位于左侧1/3，遵循构图黄金分割的原则。画面庄重平衡，色调对比鲜明。

图5-16 *海边风光* **拍摄参数：** 1/320s, f/8, ISO 125

♬ 风光摄影的其他事项

✎ 水平线要平直

照片的稳重感，即平衡感，与水平线的平直有很大关系。保持画面中水平线的平直是在构图中应注意的事情，一旦照出的照片上水平线不够平直，可以使用图形软件加工处理，前边讲过的Turbo Photo就有这种功能。

图5-17是在内蒙古大草原上拍摄的羊群。画面中有一条明显的水平线，它一定要平直，否则会有不平衡的感觉。

图5-17 *羊群*　　**拍摄参数：**1/500s，f/8，ISO 200

画面要留白

绘画上有条规则是"画留三分白"，摄影构图上也应遵循它。画面空白具有衬托主体的作用。空白是画面简洁的最好办法，背景处理为空白会使主体更加突出醒目。有的照片中的空白可以给人以遐想的余地，进而激发思绪。

图5-18是在美国加州优地美盛森林公园拍摄的石山。照片右上角的一片蓝天就是留的空白，有了这片空白更加突出了主体—石头山，看上去这座高高的石头山像是一块大石头，实际如何也尚无考察。

朦胧美

在日常生活中，清清楚楚的景物看上去是一种美，而朦朦胧胧的景物看上去也是一种美。朦胧美给人以遐想和深思。在雾天和雨天里，常常会出现模糊不清、隐约可见的景物。把这种景色由近及远地拍摄下来，会给人留下一种朦胧美。

图5-19是在一个阴雨天气中拍摄的美国西海岸太平洋岸边的朦胧景象。

图5-18 石山
拍摄参数:
1/350s, f/10,
ISO 125

图5-19
朦胧景象
拍摄参数:
1/250s, f/8,
ISO 200

第5章
风光摄影

第6章
儿童摄影

第7章
花卉摄影

第8章
微距摄影

✦ 日落日出美景

日出日落是大自然最壮美的景象之一，许多人都喜欢拍摄日出和日落的美丽，天天有日出日落，每天景色都不同，日出和日落成为风光摄影的永恒主题。拍摄日出日落通常使用广角镜头和长焦镜头，测光点通常选在太阳附近明暗过渡的地方，切记不要选择地面景物作测光点，这样会曝光过度，也不要选择太阳作测光点，这样会导致暗部变黑。日出日落的时间是暂短的，因此要抓紧时间，并注意瞬间变化。

图5-20是在颐和园的湖边拍摄的日落。太阳就要落山了，空中的云彩已被染红，湖面也被映红，整个画面呈现一片金红。

图5-20　日落美景　拍摄参数：1/125s，f/8，ISO 100

✔ 俯视拍风光

　　居高临下，可以拍摄全景，拍摄大场面，形成规模和气势。

　　图5-21是在美国芝加哥市中心一座观光的高楼上拍摄的湖中建筑。有高楼，有水面，还有湖面上的一些建筑，场面较大，气势磅礴。

图5-21　俯拍　　拍摄参数：1/160s，f/6.3，ISO 125

✔ 全景

　　有的相机提供拍摄全景的功能，许多相机没有这种功能，这样只有连续拍摄数张，使用图形软件进行连接。例如，Photoshop CS2具有连接全景照片的功能。在拍摄准备连接全景的照片时应注意如下几点。

　　① 要保持地平线水平，最好使用三脚架。

　　② 每张照片要留有连接的余地，即重复的部分。

③ 最好用手动曝光，避免每张照片亮度的跳跃，给拼接带来困难。

拼接后的连接部分有时需要再处理，使得连接更加自然。

图5-22是在颐和园南部拍摄的西堤的春天。这幅照片是4张横幅照片拼接而成的，画面上展现了颐和园的全貌。左边占整个画面一半以上的是刚刚发芽的柳树和花儿盛开的碧桃满布在西堤上，中间远处是佛香阁和万寿山，右侧是龙王庙和十七孔桥。画面上部是蓝天，下部是昆明湖的湖水。此图留白部分较多，约占2/3，给人一种清澈、明朗的感觉，

图5-22　全景　　　拍摄参数：1/180s，f/9，ISO 100

5.3　风光摄影欣赏——北大校园的四季风光

前　言

北京大学是中国的著名学府，她有着100多年的历史。北大的原址在沙滩红楼，20世纪50代初迁到燕京大学的校址，这就是现今的燕园。

燕园一年四季皆有美景，正是"浓妆淡抹总相宜"。高大的银杏树，一年四季展示出不同着装，未名湖一年四季显示出不同景色。燕园里的一草一木，一砖一石，一山一水，一碑一阁，一桥一亭，随着四季的变化都有不同的风采，给人们留下美的享受。到过北大校园的宾客，无不为这些美景所感动，这就是一年四季到北大参观的游人不断的原因之一。

本影集选择了一些表现北大春夏秋冬景色的照片。

西 校 门

　　西校门是燕京大学校友集资于1926年修建的。西校门采取的是三开朱漆宫式建筑，风格是古朴典雅，具有浓厚的民族特色。燕大时期西校门正中悬挂的是"燕京大学"四字匾额，1952年北大迁入燕园后，门正中换上了"北京大学"四字匾额。这4个字是在毛泽东主席1950年给北京大学校徽亲笔题字的基础上放大而成的。

春的消息

　　一支白色的山桃花开放在未名湖畔，预示着春天来到了未名湖。未名湖畔草绿了，柳树吐出黄绿的叶芽，湖水泛起淡绿的微波，小鸟也飞到这里，叽叽喳喳地叫个不停，它们在相互传递春的消息，并告诉同伴这里的春天最美丽。

蔡元培先生雕像

办公楼东面、钟亭小丘西侧的草坪上坐落着蔡元培先生的半身铜像。铜像的基座上刻有北大校友许德珩副委员长亲笔书写的"蔡元培先生"5个镀金大字，四周种植着苍松翠柏。这座雕像是北大1977、1978级毕业生集资铸建的。

蔡元培先生出任北大校长期间，坚持推行"兼容并包"、"思想自由"的办学原则。改革学校体制，实行民主管理，贯彻教授治校，活跃学术气氛，实行男女同校，倡导平民教育。他的改革举措给北大带来了翻天覆地的变化，这一时期的北大可谓群星荟萃，人才云集，也为后来北大精神的确立以及为国家民族所做贡献打下了坚实基础。

毛泽东高度评价蔡元培先生是学界泰斗，人世楷模。

一至六院

在图书馆的西边，在南北阁和俄文楼的南面，有两排六座中国传统式的小庭院，这就是一至六院。西侧一排从北至南的三座庭院分别是一院、二院、三院，东侧一排从南至北的三座庭院分别是四院、五院、六院。两排庭院之间绿油油的草坪就是静园。一至六院和静园构成了北大校园一道亮丽的风景线。

春天来了，每个院门上方的紫藤花开了，给人们一种幽雅肃静的感觉，这里是读书学习的好地方。

博 雅 塔

在未名湖的东南角、第一体育馆的南侧耸立着一座水泥建筑的灰色高塔，这就是博雅塔。该塔是19世纪20年代为了解决当时燕京大学师生吃水问题而修建的。该塔的名字是为纪念当时捐资者而起的。塔共有13级，高37米。塔的中间是空的，有螺旋梯直通塔顶，基座是石砌的，基座上面是钢筋水泥建筑的。

博雅塔和未名湖是北大校园的重要标志，也是北大学子为之骄傲之处。无论在何时何地，北大人见到博雅塔就又像回到母校，感受博雅塔赋予的智慧和力量。

南 阁

　　在俄文楼对面，一院的北侧，有一对造型和色彩完全一样的"姊妹"阁，这便是北大校园内著名的南阁和北阁。南、北二阁始建于1924年，与俄文楼构成了品字形建筑单元。从建至今，南、北二阁内的主人几经变迁。相传司徒雷登的两个女儿曾在这里居住过，燕大期间，南、北二阁作过音乐教室和学生活动室。而今成为北大一些院所的办公地点。

　　照片拍摄的是南阁和它东侧的草坪。

未名湖畔秋色浓

　　未名湖原是圆明园中附属园林淑春园的一部分，1860年英法联军火烧圆明园时，淑春园也没有幸免。燕大购买了未名湖地区后进行了修缮整建，才成为如今的未名湖景区，据说未名湖的名字是国学大师钱穆先生起的。

　　未名湖北接"德才均备体健全"斋，西临钟亭、办公楼，南有临湖轩和花神庙，东边是博雅塔和一体。湖中有一湖心岛，被誉为未名湖的明珠，湖心岛东侧有一个石舫，西边有一个翻尾石鱼，湖水中曾养过鱼。春夏秋冬未名湖畔景色宜人，北大学子常在这里读书和休息。

翻尾石鱼

在未名湖湖心岛西边的湖水中，有一条白色的石鱼，身雕片片鱼鳞，常年张口朝天，构成了未名湖景区的一个重要景观，这就是口含博雅塔影的翻尾石鱼。

据史料记载：翻尾石鱼是圆明园中长春园里的遗物。这条翻尾石鱼被当时朗润园的主人载涛买下运回朗润园。后来，燕京大学1930班学生毕业时，购买了这条石鱼送给了母校，于是翻尾石鱼得以在碧波荡漾的未名湖中安了家。

钟 亭

钟亭坐落在未名湖西岸的小土丘上。钟亭，先有钟后有亭。据记载，这是1898年慈禧检阅李鸿章调来的北洋水师时用来报时的大铜钟，后来被移至燕京大学，挂到钟亭里。钟体上部刻有12对戏珠蛟龙，钟体下部雕刻的是波涛汹涌的大海和喷薄而出的旭日，钟体上还刻有八卦的图案。此钟距今起码有110多年的历史。亭是六角形状的，6根朱红立柱顶起圆顶，四周绘有彩画，古钟悬挂在亭顶的横梁上。

高兴了就笑，不高兴就哭，这就是小孩的特性。

我的这个小孙女一岁半了，独立吃东西的能力很强，将食物放到碗里，她可以用匙或手自己吃。满足了她要吃小饼干的要求，她就坐在小车里高兴地吃了起来，抓住她高兴的时刻拍下了这张照片。

拍摄参数:
1/125s，f/5.3，
ISO 160

第6章
儿童摄影

　　本章主要讲述儿童摄影的特点和技巧，结合大量照片说明给小孩拍摄照片时应该注意的事情。

6.1 　儿童摄影的特点

　　孩子是每个家庭中宝贵的成员，学会给儿童拍摄照片是一件很有意义的事情。儿童摄影是一种极好的拍摄题材，因为拍摄儿童照片，既可满足孩子的亲人们的心愿，又能给孩子留下美好的成长见证。根据多年来拍摄儿童照片的体会，觉得给三岁以前儿童拍摄照片有如下特点，了解这些特点对拍摄好儿童照片是很重要的。

1 用光

　　给三岁以前儿童拍摄照片多在室内，给儿童拍照通常不能用闪光灯，因此光线比较暗，使用散射光比较柔和。在光线较暗的情况下，可选用大光圈镜头，如用光圈小于1.8的镜头，可提高感光度ISO，如将ISO提高到400至800，还可用反光板进行局部补光，以达到拍照要求。如果速度太慢，可以用三脚架。

　　图6-1是一张5个月小孩睡觉的照片。在室内拍摄，使用了反光板。小孩睡觉时比较安稳，不会乱动，是拍小孩照片的好机会。小孩在睡觉时，往往在脸上会出现各种表情，拍摄下来也是一种留念。

图6-1
拍摄参数：
1/160s，f/6.3，ISO 160

图6-2是一张给小孩喂奶时的照片。小孩除了睡觉时不动外，还有喂奶时也比较安稳。照片中的小孩仅6个月，看上去她已经知道扶住奶瓶了，这也许是本能的反应。

图6-2 拍摄参数：1/160s，f/1.4，ISO 160

图6-3是一张小孩全身的照片。小孩躺在地毯上，用侧光拍照，光从窗口来，光线较柔和，明暗反差不明显。孩子在吃饱睡足以后，心情比较好，这也是给孩子拍照的好时机。

图6-3　拍摄参数：1/160s，f/1.4，ISO 160

2 抓拍

　　小孩是天真活泼的宝贝，给小孩拍照一定要抓拍天真活泼的表情。但是，小孩又是好动的，只要不是睡觉和吃奶的时候，总是活蹦乱跳的，没有一点老实的时候，小孩更不懂得与你配合，这时要想得到孩子天真活泼的表情只有抓拍。看准孩子天真表情进行抓拍是儿童摄影的又一特点。抓拍前要做好相机的准备工作，根据当时的环境设置好相机参数，观察并等待抓拍孩子的天真表情。

　　下面是抓拍孩子天真表情的几个镜头。

　　图6-4是一张抓拍小孩各种动作的照片。在小孩学会自己独立坐着以后，就喜欢坐着表演各种动作，表现出天真活泼的本性。这张照片抓拍下了小孩手舞足蹈的表情。使用的是顶光，把孩子放在屋内的天窗下，光从上面照下，选用白色的皮沙发作背景，具有一定的反光作用，孩子的下额并不太暗。不使用闪光灯，速度较慢，活动的手有些发虚。

图6-4　拍摄参数：1/400s，f/1.8，ISO 320

第5章
风光摄影

第6章
儿童摄影

第7章
花卉摄影

第8章
微距摄影

图6-5是一张抓拍小孩伸舌头搞笑动作的照片。天真好动是孩子的天性，小孩一天到晚总在动，半岁左右的孩子就会自己表演各种动作，表现出调皮好笑的样子，这些"精彩"的动作都是孩子自己高兴时自发表现的一次性动作，你让孩子再重复一次，是很难做到的，对于这些动作必须抓拍。有时还要离孩子很远用长焦镜头拍摄，因为距离太近，孩子看到了相机就不表演了。

图6-6是一张抓拍小孩搞笑表情的照片。孩子在高兴的时候，她会摆出一些搞笑的"怪脸"。抓住这些瞬间表情，用照片记录下这些精彩瞬间。

图6-5　拍摄参数：1/40s，f/2.5，ISO 160

图6-6　拍摄参数：1/100s，f/1.4，ISO 200

3 环境

给孩子拍照时，要有些与孩子相关的背景，又称为道具。对于1岁左右的孩子，玩具是最好的道具。

图6-7是一张以玩具为背景的小孩照片。这张照片中，玩具和孩子都在同一平面，清晰度是一样的。有意将玩具照得和孩子一样清晰，让他们都是主体，这样处理可鲜明地表现出孩子的幸福童年。

图6-7　拍摄参数：1/100s，f/1.8，ISO 200

图6-8是一张以草坪为背景的小孩照片。小孩在一个放在草坪上的小餐桌椅里坐着。浅蓝色的小桌，白色的椅座，淡绿色的靠背，小椅子放在绿色草坪上的树阴下，颜色搭配的很谐调。使用侧方向的散射光，使得孩子皮肤很柔嫩润滑。孩子手中拿个苹果，实际上是坐在一个大苹果树下的草坪上，手中的苹果是刚从树上摘下的。孩子的眼睛望着还在摘果的大人，这些是这张照片留下的猜想。这张照片值得一提的是对草坪背景的处理上，同一块草坪有深有浅，这是由于光照的缘故。太阳光直射的地方颜色浅些，而在树阴下颜色深些，形成明暗对比和色彩对比，使得背景有深度和活力。

图6-8　拍摄参数：1/160s，f/6.3，ISO 160

6.2 儿童摄影的技巧

1 简洁画面、突出主体

　　简洁画面、突出主体是摄影构图的重要准则，儿童摄影也不例外。突出主体是目的，简洁画面是手段，通过用简洁画面的方法来达到突出主体的目的。

　　下面通过5张照片说明简洁画面的做法。这里有在室内拍摄的，也有在室外拍摄的。

　　图6-9是一张在室内拍摄的小孩照片。小孩还不能独立坐着，需要大人扶着，尽量不要照出大人的身影。使用的是室内的散射光，光线比较柔和。为了营造一种和谐的气氛，选用了墙壁作背景，使其背景的颜色与孩子衣帽的颜色尽量协调。这样拍出的照片呈现一片浅淡柔和的影调，与孩子细嫩润滑的皮肤相配合，形成一种淡雅、清秀之美。

图6-9　拍摄参数：1/80s，f/4.5，ISO 200

图6-10也是一张在室内拍摄的小孩照片。实际上室内陈设的东西很多，在拍照时，要挑选单一的背景，并尽量进行虚化。该照片中的小孩是站立在一张单人床上，背景是一张贴在墙上的大照片，孩子面对窗户，散射光照在孩子的脸上，抓住她高兴的瞬间，拍下这张照片。

图6-11是一张在室外拍摄的照片。照片的背景选用的是单一的草坪，在绿色草坪上，放着一辆小车，车上坐着孩子。红色的车身和黄色的扶手与绿色的草地形成了鲜明的色彩对比。单一背景很好地突出了主体。孩子放在树阴下，脸部的光线较暗，最好用反光板补一下光。

图6-10　拍摄参数：1/80s，f/2，ISO 400

图6-11　　拍摄参数：1/180s，f/5.6，ISO 160

　　图6-12是一张在室外拍摄的照片。一般来说，室外光线通常比室内明亮。这样比较容易把人物拍得更清晰。这张照片的背景是单一的雪地，拍摄一个穿着红色棉衣的小孩站在雪地里，色彩对比较强烈，色调艳丽。使用侧光拍照，在雪地里出现了孩子影子，形成了黑与白的明暗对比。通常在雪地中拍照应加曝光补偿，否则会欠饱和。

　　图6-13也是一张在室外拍摄的照片。主体是小孩头部，用虚化的背景来突出主体。由于室外拍摄光线较好，明暗对比、色彩搭配较好。为了使背景虚化，可让小孩距背景远些，对焦在小孩的脸部。

图6-12 拍摄参数：1/400s，f/10，ISO 100　图6-13 拍摄参数：1/180s，f/7.1，ISO 200

处理好前景和背景

　　儿童摄影中，孩子无疑是主体。除了主体之外，不可缺少的是环境，用环境来烘托主体是十分重要的，环境就构成了画面的前景与背景。

　　前景是主体前的景物，通过前景可以说明照片拍摄的时间、地点和环境，加强纵深感。有时前景可起到均衡和深化主题的作用。常常用虚化的前景形成朦胧美。

图6-14是在室内拍摄的照片。前景是一个大西瓜，背景是室内地毯。用侧光拍照，有影子出现。前景有点虚化，对焦在小孩脸上。小孩用一只小手扶着西瓜，用另一只小手拍打西瓜，模仿大人拍西瓜的动作。该照片前景告诉人们这个小孩在干什么，起到了进一步说明主题的作用。

图6-14 拍摄参数：1/500s，f/1.8，ISO 200

背景是指主体后面的景物，是用来烘托主体的，说明拍摄的时间、地点和环境，拍摄时力求背景简单明了，在色彩和影调上与主体形成对比，使主体更具有立体感。

图6-15是在室外拍摄的照片。这张照片的特点是背景较大，是颐和园中排云殿前广场的排楼，照片的主体是在排楼前奔跑的小孩，孩子的心情很高兴，边跑边笑。这张照片的背景说明拍摄环境，为此背景较大，孩子较小。这样处理使画面有纵深感，表现出这个广场很大，排楼又高又大，仅拍摄了一半，通过这些景物烘托出孩子高兴的心情，并揭示高兴的原因，是因为这里太美了。

图6-15 拍摄参数：1/200s，f/5，ISO 160

3 抓住孩子笑容绽放的瞬间

孩子笑的时候是最让大人开心的时刻，因此大人会经常逗孩子笑。抓住孩子笑容绽放的瞬间，留下可贵的照片是很有意义的。孩子的笑也是很不相同的，有大笑、微笑等，这些不同笑容表现出孩子不同的心情。

图6-16是一张孩子大笑的照片。一般的孩子看着镜头总是笑不起来，往往需要有人在旁边用她喜欢的玩具来激起孩子的情绪，使之笑容绽放。有的孩子喜欢某种颜色，用她所喜欢的颜色来逗她，她会很开心地笑。照片上的这个孩子喜欢红色，看见红颜色的东西就喜欢笑。

图6-17又是一张拍摄孩子笑的照片。这是一个快两岁的孩子，她喜欢听故事和笑话，当听到一个她认为好笑的故事时，她就会大笑，笑得十分开心。还有当她提出一个要求，当你满足她的时候，她也会高兴地笑。

图6-16
拍摄参数：
1/500s，f/5.6，
ISO 160

图6-17
拍摄参数：
1/45s，f/2，
ISO 400

第5章
风光摄影

第6章
儿童摄影

第7章
花卉摄影

第8章
微距摄影

◢ 利用室外早晚的光线

在一天中，早晨和傍晚的光线最好，这时的光线带有轻淡的金黄色，比较柔和，不会伤害孩子的眼睛。当使用顺光或侧光拍摄时，小孩的皮肤会显得光滑细嫩。在室外给孩子拍照时，最好利用早晨和傍晚的光线，这是儿童摄影的最佳时间。如果在室外太阳比较强时拍照，最好在树阴下使用散射光，切勿用直射光。用太强的直射光拍照不仅会损伤孩子的眼睛，也得不到高质量的照片。

图6-18是一张在公园里拍摄的照片。使用侧光，孩子脸上有明暗对比，光线比较柔和，显得皮肤很细嫩。背景是一片桃树，颜色深重，有利于突出主体。从背景中可以看出阳光拉长了景物的影子，地面长出高高的青草，桃树上长满了绿叶，显然这是一个初夏的早晨。

图6-19也是一张在公园里拍摄的照片。从画面背景的景物中可以看到傍晚的阳光照在孩子的身上、腿上和后边的花上、房屋上，孩子的脸正好在树的阴影中。背景中的花草树木显示出的是夏季。小孩十分高兴地玩秋千，从腿上的光可以看出傍晚的光非常柔和，很适合拍摄人物像。

图6-18　拍摄参数：1/180s，f/7.1，ISO 250

图6-19　拍摄参数：1/250s，f/4，ISO 200

快乐学摄影——数码摄影入门技巧和实拍解析

3 细嫩的皮肤和眼神光

　　孩子的皮肤都是很细嫩的，把孩子细嫩的皮肤拍摄下来留作纪念是一件很有意义的事情。拍摄孩子细嫩皮肤时，最好用散射光，而不用直射光。散射光的反差较弱，比较柔和，有利于表现皮肤的细腻和光滑。

　　拍摄人像时，只要有足够的亮度，就会在人的眼睛里出现反光点，形成眼神光。眼睛中显示的反光点，在形状、大小和位置上是不相同的。在室内通常通过窗户照进来的光来制造眼神光；在室外通常使用反光板制造眼神光。眼神光是用来刻画人物的神态，使得人物传神生动。在儿童摄影中，运用眼神光也能起到画龙点睛的作用，特别是在拍摄特写照片时，眼神光尤为重要。

图6-20　拍摄参数：1/125s，f/5.6，ISO 160

　　图6-20是一张小孩在吃手的特写照片。这张照片是从侧面拍摄孩子的脸部和小手，主要想表现孩子的细嫩皮肤。照片中拍摄了小孩吃手的动作，这是小孩一种常见的习惯性动作，通过这个动作能够较好表现出孩子脸部和小手的皮肤，这张照片的眼神光很好。

　　图6-21是一张拍照孩子脸部的特写照片。这张照片是在室外阴影处拍摄的，柔软的散射光使得皮肤细腻白嫩。这张照片的眼神光处理欠佳，右眼中白色光斑点过多，影响传神效果，应该通过改变拍摄角度，使反光点集中在一处。

图6-21　拍摄参数：1/125s，f/7.1，ISO 200

3 打扮起来更可爱

给小孩拍照前，应该给孩子打扮一下，穿上更合适的衣服，戴上漂亮的帽子，为了避光可戴上墨镜，也可以戴上孩子特有的一些手饰。打扮与不打扮是很不一样的，下面是几张打扮后的孩子照片。

图6-22是给小孩穿上了熊猫服的照片。这张照片是在室内用窗户射进的光拍摄的。

图6-23是一张给小孩带上遮光镜的照片，这样拍照显得小孩很酷。

图6-24是一张给孩子穿上新衣并戴上银手饰后拍摄的照片。

图6-25是一张给小孩穿上童装旗袍在室外树阴下拍摄的照片。

图6-22 拍摄参数：1/50s，f/2，ISO 160

图6-23 拍摄参数：1/160s，f/6.3，ISO 160

图6-24　拍摄参数：1/250s，f/6.3，ISO 160　　　图6-25　拍摄参数：1/500s，f/5，ISO 160

7 记录难忘的瞬时

　　孩子在平时的生活中，总有一些有趣的表情和动作，能够记录下来，拍成照片，这是件很有意义的事情。等孩子长大了看一下儿时的童趣，一定非常高兴，并引起对童年幸福生活的回忆。

　　图6-26是一张孩子5个月时吃完果泥后的照片。她很喜欢吃果泥，吃完后脸上、衣服上、桌子上都有果泥，她觉得很好玩，她很高兴。

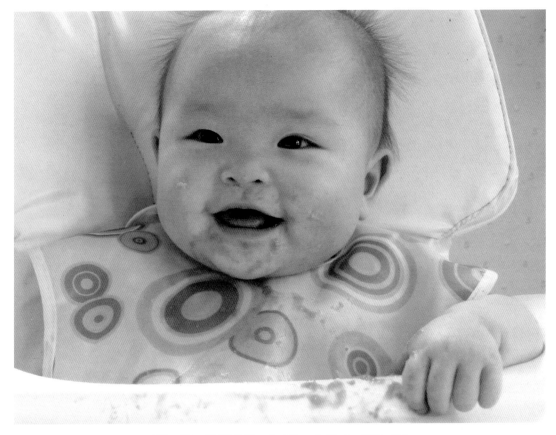

图6-26　拍摄参数：1/30s，f/3.2，ISO 400

　　图6-27是一张不到2岁小孩作画的照片。她喜欢拿笔乱画，先在纸上画，后来又在手上画，你不阻止她，还会在身上画，这就是小孩的童趣。

　　图6-28是一张小小摄影家的照片。小孩的模仿能力很强，看大人干什么，她总要模仿。大人刚把相机放下，她就拿了起来，两手端着相机，用一只眼睛对着取景器在看，学得倒还很像，可惜镜头盖还没有打开。

图6-27　拍摄参数：1/125s，f/2.2，ISO 200　　　图6-28　拍摄参数：1/80s，f2.53，ISO 320

6.3 儿童摄影欣赏——小孙女的儿时写真

前 言

　　我有一个小孙女，乳名叫小雪，因为是冬季下雪天出生的。小雪现在已经1岁半了，从小我就看护她，给她拍了很多照片。我从中挑选了一些照片做此专集，反映了小孙女儿时的童趣。

第5章
风光摄影

第6章
儿童摄影

第7章
花卉摄影

第8章
微距摄影

十分得意　　十分开心

　　小孙女吃饱睡足后，自己玩耍起来很开心。小餐椅放在窗户旁边，用窗外的亮光进行拍照。小孙女看到屋外的花草树木，发自内心的喜悦。这张照片反映出小孙女心满意足的情感和开心的笑容。

喝　奶

　　小孩的特点是天真可爱，活泼好动，除了睡觉之外，比较老实不动的时候是吃奶。婴儿一天至少吃4次奶，抓住喂奶时间，可以拍些特写的镜头。

　　室内光线较暗，要用大光圈，高感光度，这时景深小，背景被虚化。为了表现婴儿细嫩的皮肤，只拍摄了脸的局部。

骑着马儿过草原

小孙女骑着一匹小白马，小手抓着小马耳朵，奔驰在草地上，十分喜悦，十分自信。这张照片采用柔和的顺光进行拍摄，选用草坪作大背景，使用大光圈，前景清晰，背景虚化。

感觉很好

    孩子在成长过程中，每一点进步都会给她带来欢乐和喜悦。在她由会爬到会扶着东西站起来时，她的感觉特别好。那些天里，她总喜欢爬到窗前扶着窗台站起来，看着外边发生的事情。

    借助窗外的光拍摄面部表情，由于室内较暗，形成明显的对比，恰好利用这种对比突出该照片的主题，由孩子的眼神和面部表情说明她的感觉非常好。

尝尝苹果

    屋后栽了两棵苹果树，春天看花，树上开满了白中带粉的苹果花，夏天绿叶中挂满了绿苹果，秋天看果，满树红苹果压弯了枝条。鸟儿和松鼠整天在树上跑来跑去，树下兔子在啃掉下来的苹果。一天，摘下一个红苹果，擦了擦，给了小孙女，她拿起苹果就去啃，用刚长的4颗小牙，虽然啃不动，但是她已经心满意足了。

    坐在小推车里，停在苹果树下，高兴地啃着刚从树上摘下来的红苹果，心想这回可尝鲜了。拍下她得意的表情，主要表现她高兴地吃苹果，背景取得较少。

啃 玉 米

  她喜欢吃鲜嫩的玉米棒子，用小牙啃下玉米粒，再咬碎咽下。她对较热的食物也学着大人吹凉了再吃。她觉得手中的玉米棒子有点热，在吃之前，她先用小嘴吹几下，吹凉了再啃。

看 地 图

　　家中墙上挂着一张北京地图，大人有时
用手电筒在地图上找一个地方。小孙女看见
后也要用手电筒看地图，满足了她的要求，
她拿着手电筒也在地图上照来照去，不时回
头看看你，好像她也找到了要找的地方。

聚精会神

　　小孙女像个男孩总是好动，在屋里闲不住，总是跑来跑去，动动这，搬搬那。唯一能使她坐下安稳一会的办法是让她看动画片。她喜欢看动画片，可以连续坐着看上半个小时。在看的过程中，她还能随着动画片中的不同情节表现出各种表情。

守着火锅吃西瓜

东来顺涮羊肉是北京名吃。小孙女吃完了涮羊肉，跑到饭店门外，看到一个很大的火锅模型，便久久不愿离去。她手里拿着一小块西瓜，一下子坐在火锅上不走了，在那里守着火锅吃西瓜。

"Fish！ Fish！"

一天，带小孙女来到北大校园，她很高兴，对湖呀、塔呀颇感兴趣。看到西校门内校友桥下的鱼儿更是恋恋不舍，用小手指着水中游来游去的鱼儿，嘴里不停地叫喊"Fish！Fish！"，她在用英语告诉我们那里有好多的鱼。

后 记

小孙女还小，上面发生的事情她很难记住。等她长大了，向她讲述童年的往事时，这些照片便是很好的证据。

我很喜欢给小孙女拍照，总想多给她留下一些还不曾记忆的记忆，长大后会知道自己童年的喜好。另外，给小孙女拍照可以练习拍人物照技巧，小孙女是不用付酬金的免费模特。给小孙女的照片拍好了，还可取得孩子父母的欢心，这可是一件一举多得快乐的事。

在室内拍摄的蝴蝶兰花。室内光线较暗，借助于后面的一束灯光，侧逆光拍照，背景虚化，色彩艳丽。
拍摄参数：
1/320, f/5.6, ISO 400

第7章
花卉摄影

　　大自然中，一年四季各种花卉千姿百态，万紫千红，艳丽夺目，给人们美的享受。花草是人们日常生活中不可缺少的元素，越来越多的人把种花、赏花作为休闲度假的要素。花卉已成为摄影者拍照的主要对象之一。花是美丽的，拍好并不容易，需要经验、技巧和耐心。本章主要讲述花卉摄影的特点和技巧，提供一些花卉照片给读者欣赏。

7.1 花卉摄影的特点

花卉摄影有如下特点。

1 有充分的构图时间

拍摄花卉大多数的情况下是静物拍摄，与拍摄动物不同，不必抢抓镜头，有充分的时间进行观察琢磨、思考构图。这样就可以选择最佳角度，使用最佳光线，设置最佳参数，创建最合适的背景，拍摄出比较理想的照片。

下面讲述几张花卉照片在构图上的特点。

图7-1是一张在室外拍摄的菊花照片。画面上突出盛开的一朵红色菊花，花位于画面中央，由于花占的面积大，因此比较突出。红花配绿叶，色彩搭配比较艳丽，花叶四周有些黑色留白，整个画面庄重艳丽。

图7-1
拍摄参数：
1/250s，f/8，ISO 200

图7-2是在室外拍摄的桃花照片。画面的主体在右1/3处，花朵有绿叶相伴，色彩搭配较好，背景被虚化，构图简洁，主体突出。花叶清晰，在右上方花瓣上有一只小虫隐约可见，这是一张标准构图的作品。

图7-2　拍摄参数：1/350s，f/10，ISO 250

图7-3是一张莲花的照片。紫色的莲花是少见的，这是在科学院植物研究所拍摄的。画面的主体是盛开的紫莲花，位于左1/3处。紫花由绿叶相陪，水面作留白。侧逆光拍摄，画面上留有花的阴影，明暗对比适宜。翻起的叶子是这张照片的一个特点，表现出花的力量。

图7-4是一张罂粟花的照片。这种植物在我国不经有关部门批准是禁止种植的，因此很少见到。这张照片是某研究所拍摄的。画面上占满了罂粟花的花蕊，是用微距镜头拍摄的。

图7-3
拍摄参数：
1/160s，f/9，ISO 200

图7-4
拍摄参数：
1/750s，f/6.3，ISO 125

图7-5是在北京植物园拍摄的郁金香。画面上展示了一片又一片郁金香花，线条是这张照片构图的主体，画面上出现了多条斜线，这些线条相互交织构成了美丽的图画。在色彩上相互衬托，黄的、白的、绿的、红的、黑的，五颜六色交织呼应，展现出春天的壮丽和活力。

图7-5　　拍摄参数：1/160s，f/11，ISO 200

? 提供拍不尽的花卉

　　大自然中不仅花的种类多，每种花的品种又多，例如荷花就有百余种。每个品种的花卉，在它生长的不同时期各不相同，花蕾、花、果实、叶子等都不相同。同是一种花又是千姿百态，图7-6～图7-17是从我拍摄的郁金香花中选出的12种不同品种，实际上要比这多得多。

图7-6
拍摄参数：
1/800s，f/5，ISO 200
图7-7
拍摄参数：
1/500s，f/10，
ISO 400

图7-8
拍摄参数：
1/750s，f/14，
ISO 400
图7-9
拍摄参数：
1/500s，f/11，
ISO 400

图7-10
拍摄参数：
1／400s，f／10，
ISO 400
图7-11
拍摄参数：
1／640s，f／7.1，
ISO 640

图7-12
拍摄参数：
1／1000s，f／7.1，
ISO 400
图7-13
拍摄参数：
1／1500s，f／5.3，
ISO 400

第5章
风光摄影

第6章
儿童摄影

第7章
花卉摄影

第8章
微距摄影

快乐学摄影——数码摄影入门技巧和实拍解析

图7-14
拍摄参数：
1/1000s，f/7.1，
ISO 400
图7-15：
拍摄参数
1/1250s，f/5，
ISO 400

图7-16
拍摄参数：
1/800s，f/5，
ISO 200
图7-17
拍摄参数：
1/200s，f/5，
ISO 200

∂ 拍花卉使用长焦镜头和微距镜头

　　花卉照片总希望主体清晰锐利，前景和背景虚化，最大限度地表现出花的美丽和活力、灵气和质感，因此多使用长焦镜头和微距镜头。用长焦镜头把远处的花卉拉近，用微距镜头拍摄近处的花卉，产生特写的效果。长焦镜头和微距镜头都是小景深，这样可以使背景虚化。

　　图7-18是在玉渊潭公园拍摄的樱花。画面有两朵开放的樱花和一朵花苞及若干片绿叶，它们都长在很粗的树杆上。用微距镜头靠近花拍照，使用的是侧光，背景被虚化，花和叶清晰锐利。

图7-18　　拍摄参数：1/350s，f/5.6，ISO 200

　　图7-19是在植物园拍摄的菊花。使用长焦镜头，把这朵菊花拉近使得背景虚化，由于背景较暗，虚化后变黑，画面上只有花和几片叶子清晰可见。拍摄时使用侧光，一边较明亮，另一边较灰暗，形成了明暗的反差，使这朵花增添了层次感，使它更具有生气和活力。

图7-20是在北大校园内拍摄的虞美人花。这种花与罂粟花有相似之处，但它不同于罂粟花。虞美人全株具有明显的糙毛，分枝多而纤细，叶质较薄，整体感觉纤弱。罂粟全株光滑并有白粉，包括茎、叶、果等，茎粗壮，茎秆分枝少，叶厚实。虞美人花径相对较小；花瓣极为单薄，质地柔嫩。而罂粟花朵较大，花瓣质地较厚实，非常有光泽。采用逆光拍摄，表现出花的质感、通透。画面简洁，突出了花和花蕾及果实，留白较多，给人以清晰明朗的感觉。

图7-19　拍摄参数：1/160s，f/7.1，ISO 200　　图7-20　拍摄参数：1/640s，f/5.3，ISO 400

4 花蕊和花叶也很漂亮

植物的花朵是很美丽的，有些花的花蕊和花叶也很漂亮，花卉摄影不要忘记它们。下面列举花蕊和花叶的照片一起欣赏。

图7-21是木芙蓉花的花蕊，看上去像是一种白蘑菇，用花瓣的红色底部衬托白色的花蕊，显得艳丽夺目。

　　图7-22是一种莲花的叶子，它平铺在水面上，展示出莲叶的风采。叶子上叶脉清晰可见，红黄相陪，色彩艳丽，温馨和谐。

图7-21　　拍摄参数：1/320s，f/4，ISO 100

图7-22　拍摄参数：1/160s，f/93，ISO 200

7.2　花卉摄影的技巧

1 合理构图

　　花卉摄影多数情况下有充足的构图时间，合理构图是重要环节。通常是不宜过满，留有事后裁剪的余地。合理构图要注意以下几点。

✔　一般情况下，要遵循黄金分割规则，把主体摆放在黄金点上。

✔　一般情况下，画面不宜安排过满，要适当留白。

- 景物安排应有虚有实，主体要清晰鲜明，背景尽量虚化。
- 色彩搭配要和谐，高饱和度呈现鲜丽感觉，低饱和度呈现素雅感觉。
- 室内拍摄花卉可以设计背景和随意摆放，拍出花的最美姿态。

　　图7-23是一张在公园里拍摄的睡莲照片。该照片在构图上安排得较好，主体是红花放在黄金点处，主体清晰突出，荷叶被虚化，画面留白较明显，没有拥挤感觉，色彩搭配合理，花的倒影明显，为主体增添了几分姿色。画面简洁是这张照片的突出特点。

　　图7-24拍摄的是一张杏花照片。在粗壮的主干上发出一个枝条，上面开了几朵杏花。使用侧光拍照，画面有明暗感和虚实感，背景虚化，有留白。浅色的花朵与深色的树干形成了明暗对比。

图7-23　拍摄参数：1/350s，2f/5.3，ISO 160

195

图7—24
拍摄参数:
1/640s, f/6.3, ISO 200

⒉ 突出主体

一幅好的照片一定要有主体，通过主体来体现主题。没有主体或主体不明显的照片都不算好照片。因此，选择主体、突出主体是拍摄前需要考虑的重要问题。花卉摄影也是如此。突出主体应注意下面的问题。

- ✓ 正如前边讲过的，主体通常应放在黄金分割线上。
- ✓ 尽量选择单一背景，避免分散观赏者的注意力。
- ✓ 虚化或淡化背景突出主体。
- ✓ 以高大或艳丽的形象突出主体。

图7-25是在植物园拍摄的睡莲花。画面中粉色的莲花是主体，放在黄金分割线上，莲花的叶子作衬托，体现出红花还需绿叶扶。使用的逆光，水中有花的影子，形成了光影美，更好地体现出空间立体感。仔细观察还有一只带有尾巴的小青蛙在荷叶上。

图7-25　拍摄参数：1/640s，f/5.3，ISO 320

图7-26是在马路边拍摄的凤尾兰花。画面以蓝天白云为背景，衬托白色的花朵。一缕晨光照射在花枝上，显出一种柔和之美。画面底部用绿树作衬托，避免孤单的感觉。

图7-27拍摄的是令箭花的花苞。令箭花是在家中花盆里养植的，可以搬动，拍摄时可在花的背后加一块黑色绒布作背景，这样使其背景单一，更好突出主体，构图简洁。为了表现出这种花的特点，以花柄和叶片作衬托。花苞上洒少许水，使用侧光，显得有生气和活力。

图7-26　拍摄参数：1/500s, f/9, ISO 200　　　　图7-27　拍摄参数：1/160s, f/7.1, ISO 320

3 恰当使用光线

摄影是光和影的艺术。拍摄任何照片时用光都是十分重要的。花卉摄影十分讲究用光，用光不同会产生不同的效果。拍摄花卉时尽量避免用强光，多用散射光，使用顺光、侧光、逆光都可以。拍摄花卉时在光的使用上应注意以下事项。

✔ 顺光常带来充足的光照，保证在小光圈情况下获得极大的清晰度，顺光过强导致色彩淡化，正常情况下减少曝光1档。

✔ 逆光会带来半透明的效果，使花朵的色彩更丰富，质感更强，层次更丰富、明显。

✔ 侧光拍摄花卉是比较理想的，产生光影效果丰富，能较好地表现花朵的质感和细节。

✔ 强光下可拍摄出高调花卉，弱光下可拍摄出低调花卉。

摄影者可根据自己的意图和打算获得的效果来选择不同的光线。

图7-28是一幅芍药花的照片。侧光拍摄，左边较亮，右边较暗，光影效果较好，层次感较强，背景虚化，主体突出，表现出芍药花的美丽和鲜艳。

图7-29是一幅罂粟花的照片。该照片是逆光拍摄的，花蕊被映射在花瓣上，光影效果很好，立体感和通透感都很强，背景虚化，色彩鲜艳，主体突出。

图7-28 拍摄参数：1/160s，f/10，ISO160

图7-29
拍摄参数：
1/180s，f/8，
ISO 125

图7-30是一张芍药花的照片。采用侧光拍摄，背景在阴影处，经虚化后变成黑色，形成一张低调的花卉照片。背景呈现黑色，花朵在光照下娇艳美丽，这是拍摄单朵花卉常用的方法。

拍照花卉照片时，使用光线很重要，有时一缕光线会带来一片生机。图7-31是一幅海棠花的照片。画面上展现出粗壮的树杆上长出一簇花和花苞，一缕光线照在一朵花和一个花苞上，显出生气和活力。画面上明暗对比强，具有层次感，绿叶相衬，色彩鲜明。

图7-30
拍摄参数:
1/160s, f/8, ISO 160

图7-31
拍摄参数:
1/200s, f/7.1, ISO 250

⁴ 适当的虚实

通常情况下，一张满意的照片中有实景也有虚景，用实景突出主体，以虚景衬托主体。照片的虚实由景深调节，一般情况下，景深不得过小。景深过小会影响整个画面的清晰度。使用景深调节虚实时应注意如下事项。

- 景深越大，清晰范围越大；景深越小，清晰范围越小。
- 光圈越小，景深越大；焦距越短，景深越大；距被摄物体越远，景深越大。
- 光圈越大，景深越小；焦距越长，景深越小；距被摄物体越近，景深越小。
- 多数花朵有一定的厚度，这就需要有适当范围的景深，否则花朵就不会全朵清晰。因此，光圈不宜过大，特别是使用长焦镜头时，光圈更不宜过大，否则景深会过小。

图7-32是一张芍药花的花蕊的照片。看上去画面很艳丽，绿的背景衬托着红花，色彩搭配较好。仔细观察会发现花蕊的一部分清晰，另一部分模糊。其原因在于景深太小，只有很小的清晰范围，而花蕊厚度超过了这个范围。

图7-33是一张莲花的照片。画面上有两朵盛开的莲花，上面还有一只采蜜的蜜蜂作为主体，背景是被虚化的莲叶，仔细观察两朵莲花都比较清晰，这是因为用小光圈长焦镜头拍摄的，景深较大，清晰范围较大。

图7-32　拍摄参数：1/1000s，f /6.3，ISO 400

图7-33　拍摄参数：1/320s，f/9，ISO160

7.3　花卉摄影欣赏——四季花卉

前　言

　　一年四季都有鲜花开放。北方的冬天，天寒地冻，室外没有开放的鲜花，但是，在温室里、大棚里和室内，仍然有养植的花卉在不断地开放。总之，一年四季都有照不尽的花卉。本专集的照片以北方的室外花卉为主，大多数是用微距镜头拍摄的。

迎春花

　　迎春花又名金梅、小黄花，因在百花之中开花最早，花因即迎来春天而得名。它与梅花、水仙和山茶花统称为"雪中四友"。迎春花不仅花色端庄秀丽，气质非凡，而且具有不畏寒威，不择风土，适应性强的特点，它是中国名贵花卉之一，为人们所喜爱。

菊花碧桃

　　菊花碧桃
是碧桃的变种，
其花瓣呈现菊花
型。碧桃的花型
很多，常见的品
种有白碧桃、红
碧桃，还有在同
一株、同一花甚
至同一瓣上有粉
白两色的洒金碧
桃，还有菊花碧
桃、五色碧桃、
垂枝碧桃、红叶
碧桃等变种。

白 玉 兰

　　白玉兰属落叶乔木，树高一般2～5米。花白色，大型、芳香，先叶开放，花期10天左右。它是中国著名的花木，是北方早春重要的观花树木，在中国有2500年左右的栽培历史。喜温暖、向阳、湿润而排水良好的地方，要求土壤肥沃，有较强的耐寒能力。北方常见的还有二乔玉兰，花瓣外面淡紫色里面白色。

郁 金 香

多年生草本植物，花型有杯型、碗型、卵型、球型、钟型、漏斗型、百合花型等，有单瓣也有重瓣。花色有白、粉红、洋红、紫、褐、黄、橙等，深浅不一，单色或复色。花期一般为4～5月，有早、中、晚之别。其特性为夏季休眠、秋冬生根并萌发新芽，但不出土，需经冬季低温后第二年2月上旬左右开始伸展生长形成茎叶。

月　季

　　月季是常绿或落叶灌木，原产中国，栽培历史悠久，素有"花中皇后"之称。喜温暖和阳光充足环境，较耐寒，适应性强。自然花期5～11月，开花连续不断。花朵呈圆球形，亦有散碎的花瓣。月季花色彩艳丽，香味浓郁，花期特长，适应性广，是世界最主要的切花和盆花之一。现代月季为喜光植物，最适于栽培在光线充足、空气流通、排水良好的环境中。

睡　莲

　　睡莲又称水百合，有耐寒和喜温两类品种。喜阳光充足和含丰富腐殖质的粘土，是花、叶俱美的水生观赏植物。睡莲花期较长，从 5 月开花至 9 月，花色丰富，有白、粉、蓝、紫、红、黄等色。睡莲是现代园林中布置水景时所广泛应用的观赏植物。

王 莲

　　王莲是水生有花植物中叶片最大的植物，其初生叶呈针状，到11片叶后叶缘上翘呈盘状，叶缘直立，叶片圆形，像圆盘浮在水面，直径可达2米以上，叶面光滑，绿色略带微红，有皱褶，背面紫红色，叶柄绿色，叶脉为放射网状。每叶片可承重数十千克。王莲的花很大，单生，直径25～40厘米，呈倒卵形，长10～22厘米。王莲的花期为夏季或秋季，傍晚伸出水面开放，甚芳香，第一天白色，有白兰花香气，次日逐渐闭合，傍晚再次开放，花瓣变为淡红色至深红色，第3天闭合并沉入水中。

桂　花

　　桂花原产地中国，常绿阔叶乔木，高3～15米，冠卵圆形。叶对生，椭圆形至卵状椭圆形。花簇生叶腋或顶生聚伞花序，黄色或白色，极香，花期中秋。桂花的品种很多，常见的有4种：金桂、银桂、丹桂、四季桂。桂花味辛，可入药，有散寒破结、化痰生津的功效。桂花喜温暖湿润的气候，耐高温而不耐寒，为温带树种。

菊 花

　　菊花为多年生草本植物，茎色嫩绿或褐色，单叶互生，卵圆至长圆形，边缘有缺刻及锯齿。色彩丰富，有红、黄、白、墨、紫、绿、橙、粉、棕、雪青、淡绿等。根据花期迟早，有早菊花（九月开放），秋菊花（十月至十一月），晚菊花（十二月至元月）。根据花径大小区分，花径在10厘米以上的为大菊，花径在6～10厘米的为中菊，花径在6厘米以下的为小菊。

腊 梅

腊梅又名雪里花。一般在11月中旬开花直到次年3月左右，花期很长。花蕾呈圆形、矩形或倒卵形，长1～1.5厘米，宽约0.4～0.8厘米，花被叠合作花芽状，棕黄色，下半部由多数膜质鳞片所包，鳞片黄褐色，略呈三角形，有微毛。气香，味微甜，后苦，稍有油腻感。通常有两种：一种是花心黄色，重瓣，花瓣圆而大，朵大；另一种是花心红色，单瓣，花瓣狭而尖，朵小。

大自然是蝈蝈美好的家园，放回到大自然的蝈蝈它会寻找适合于自己生存的环境，趴在丝瓜上悠然自得。在没人打扰时，它会自娱自乐地唱起歌来，给大自然增添一份美感。这张照片是把一只饲养的蝈蝈放回大自然后，用微距镜头侧光拍摄的，展示了蝈蝈回归自然的状态。

拍摄参数：
1／60s，f6.3，
ISO 160

第8章
微距摄影

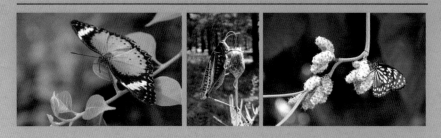

    微距摄影是摄影爱好者的热门题材。本章主要讲述微距摄影的特点和技巧以及微距摄影的合适题材。

8.1 微距摄影的特点

1 什么是微距摄影

人们通常认为微距摄影就是近距离，这种理解不够全面。微距摄影通常是距被摄对象比较近，但是有些微距摄影距离并不是很近。正确了解微距摄影应该从如下两个方面来理解。

- ✔ 微距摄影是用来拍摄较小对象或者较大对象的某一小区域，即某个细节的。
- ✔ 微距摄影可使得被拍摄对象成像大小与被摄对象相同，甚至比被摄对象还大。

满足这样条件的摄影就是微距摄影。

2 微距摄影的特点

微距摄影有很多特点，归结起来有如下3点。

- ✔ 近距离，小景深。由于景深小，清楚范围窄。
- ✔ 保证足够的光线。由于拍摄距离近，会挡住所需要光线，通常需要补光。
- ✔ 使用微距器材。

在使用卡片式数码相机时，需将其相关的按钮或者转盘的设置切换到微距模式，微距模式的图标通常是一朵花，如图8-1所示。在微距模式下，相机可在很近的距离对焦。

为了获得较好的微距效果，可在相机镜头上拧一片近摄镜，又称近摄滤光镜。近摄镜会将光线弯曲，起到微距镜头的作用，将焦距范围变得更近。

图8-1 微距模式

在使用单反式数码相机时，也可以在标头前拧上一个近摄镜，达到近摄目的。但是，为了保证微距照片的成像质量，多采用专用的微距镜头。微距镜头有定焦的，也有变焦的，可根据需要选择。

微距摄影中，在相机上装备了微距器材后，还应注意光线和防抖问题。

图8-2和图8-3就是微距摄影的照片。

图8-2 用单反式数码相机的微距镜头拍摄的蝈蝈照片。

图8-3 用卡片式数码相机的微距模式拍摄的花蕊照片。

图8-2 用微距镜头拍摄的蝈蝈
拍摄参数：
1/60s，f/5.6，
ISO 160

图8-3 用卡片式数码相机拍摄的花蕊
拍摄参数：
1/30s，f/2.8，
ISO 200

第5章
风光摄影

第6章
儿童摄影

第7章
花卉摄影

第8章
微距摄影

8.2 微距摄影的技巧

前边已讲过微距摄影有两个值得注意的问题：光线和防抖问题。下面围绕着如何解决这两个问题讲述一些看法和体会。

1 光线问题

光线不能太暗。因为光线太暗，曝光时间就要长。曝光时间长会导致图像出现噪点，也会产生抖动或移动，降低图像质量。

为了避免曝光时间过长，即提高快门速度，就要用大光圈、高ISO值和增加被摄对象的光线量。增加被摄对象的光线量的方法是利用自然光或闪光灯，或者使用反光板或柔光板补光。

防止抖动，需要固定相机，使用三脚架或单脚架是较好的方法。

充分利用自然光和合理处理自然光是很重要的。室外拍摄是离不开自然光的，或者用直射阳光，或者用阴影的散射光，要根据拍摄的效果进行选择。有时需要将直射阳光挡住，利用阴影的散射光，这样光线比较柔和，对比不是很强烈，并且没有阴影。有时在直射阳光下拍摄，但要消除阴影，可使用反光板消除或减少阴影。

下面结合几张微距照片讲述拍摄时应该注意的事项。

图8-4是一张用微距镜头拍摄的照片。一只蝴蝶落在树枝上，相机不能距它很近，太近了蝴蝶会飞走的。这里使用的是尼康105mm的微距镜头，大约相距1米多拍摄的。使用自然

图8-4　拍摄参数：1/400s，f/5.6，ISO 250

光，在有阴影处，聚焦在蝴蝶的头部，由于景深小，蝴蝶的头部比较清楚，它的翅膀有点模糊。

图8-5是一张用微距拍摄的蚂蚁照片。蚂蚁很小，拍摄这种小动物时应采用微距摄影，以便清晰地表现其细节。这张照片是用卡片式数码相机的微距模式拍摄的，镜头距蚂蚁较近，抓住它不动的瞬间按下快门。使用的是自然光，光从左边射入，光比较弱，没有生成明显的阴影，这时不必用反光板消影，有点阴影可以形成对比，使图像有较强的立体感。

图8-6是一张用微距拍摄的螳螂照片。拍摄昆虫应在其自然的环境中进行，这只螳螂爬在农村庭院的一株花上，我发现后找了一块黑布做背景，挡住杂乱的物件，使用单反式数码相机的微距镜头，距离稍远，抓拍下来。对焦在螳螂身上，花的叶子有些模糊，背景是黑布。如果花的周边不是太杂乱，用虚化的自然背景会更真实、更自然。

图8-5　　拍摄参数：1/100s，f/2.8，ISO 200

图8-6　拍摄参数：1/60s，f/3.2，ISO 160

　　图8-7是一张用微距拍摄的昆虫照片。这是一种生活在野外，能飞会叫的昆虫，由于它会叫，像蝈蝈那样发声，也曾有人进行人工繁殖。这种昆虫在初秋的草丛中或灌木林中生活，在好天气时，会发出连续的"吱——"叫声，在有动静时，它会停叫，迅速跑到草丛下或灌木下，藏起来，避免受伤害。当发现这种昆虫在叫时，通过声音进行定位，迅速寻找到它所在地方，然后轻轻地靠近它，不要让它发现，它一旦发现有东西靠近它，它就会跑或飞掉。我在拍摄这张照片时，使用单反式数码相机的微距镜头，距离昆虫比较远，没有惊动它，它正爬在花草的上边。采用自然光，选用被虚化的自然背景，逆光拍摄，昆虫的翅膀比较通透。

图8-7
拍摄参数：
1/400s，f/4，ISO 200

第 5 章
风光摄影

第 6 章
儿童摄影

第 7 章
花卉摄影

第 8 章
微距摄影

² 防抖问题

稳固相机是摄影的基本规则。在微距摄影中，稳固相机，防止抖动更加重要。在按下快门的瞬间有一点抖动就会影响到成像质量，使得照片的主体模糊。因此，在微距摄影中要最大限度地减少震动，其方法主要有如下两种。

（1）尽量保证被摄对象静止不动。在室外拍摄昆虫和花卉时，保证被拍摄的花和昆虫不动，有时是难以做到的。主要受气候条件和昆虫本身影响。拍摄花卉时要选择无风的天气，或者背风的地方。拍照昆虫时要抓住昆虫静止的瞬间，或者慢动作的时刻。拍照昆虫时一定要防止昆虫本身的移动。

（2）固定相机最好是使用三脚架和快门线，有时用单脚架也可以。选择防抖相机和防抖镜头也是一种减少震动的好办法。

图8-8是一张用微距拍摄郁金香花的花蕊的照片。拍摄时用微距镜头，使用了三脚架，花蕊照得比较清晰，花瓣有些发虚，因为景深小的缘故。

图8-8

8.3 花卉和昆虫的微距摄影

微距摄影多用于花卉和昆虫方面的题材，也常用于翻拍一些资料。本节介绍一些在拍摄花卉和昆虫方面的经验和体会。

1 花卉微距摄影

花卉微距摄影主要是拍摄某些大花的局部和小花，突出花卉的细节部分。在用微距模式拍摄花卉时，应注意如下事项。

☑ 主体要突出

为避免出现没有主体的情况，首先要做到学会取舍，不求面面俱到。接着要利用突出主体的技巧。例如，将主体放在单一的背景上；利用色彩的对比，使主体更加夺目耀眼；利用光线使主体更为明亮等。

图8-9是用微距拍摄的紫玉兰花的花蕊，可以看出主体是花蕊，花瓣作陪衬。

☑ 构图要合理

把主体放在黄金分割点的位置，这样可以使主体获得最佳的视觉效果，使欣赏者感到舒服。黄金分割点有两个位置，分别是正中的偏左或偏右的1/3处。微距拍摄常常使图像充满画面，要通过不同的色彩形成多层次的色调对比，避免呆板的感觉。

图8-10是用微距拍摄的一种常见花卉。

图8-9　拍摄参数：1/80s，f/2.8，ISO 200

用微距拍摄这张照片还要突出花瓣的不规则条纹，花瓣的条纹展示出一种质感美。图像虽然充满了画面，但是由于色彩的鲜明对比，而不显得拥挤死板。

☑ 用光要适当

光线的选择和运用对微距摄影十分重要，关系到拍出的照片是否有质感和层次感。

拍照花卉时，首先要选择高质量的光线。一般来说，清晨和傍晚的光线入射角度较小，光线比较柔和，强度适中，质量较好。因此，要抓住光线好的时机进行拍照。

其次要运用侧光和逆光进行拍照。侧光拍照可以使花卉具有一定的明暗反差，出现较明显的质感和立体感，使用得当可以使花卉的形状和纹理清晰可见，阴影明显，透视感强。使用侧光摄影时要控制好反差，避免反差过大。逆光拍照是使光线从相机的对面射来，使用逆光可以表现出立体效果，勾画出具有表现力的清晰轮廓，突出画面的深度感。

图8-11是用微距拍摄的蝴蝶兰花的局部细节。照片的主体是兰花的花心。上午的侧光从右侧射入，角度不大，光线较强，形成了明显的阴影，增强了花朵的立体感，使得这朵花的形状和纹理清晰分明。这张照片具有明暗反差，显得画面质感较好。

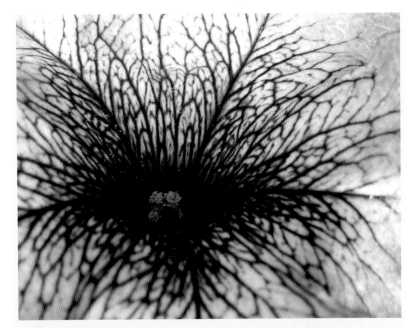

图8-10 拍摄参数：1/60s，f/2.8，ISO 200

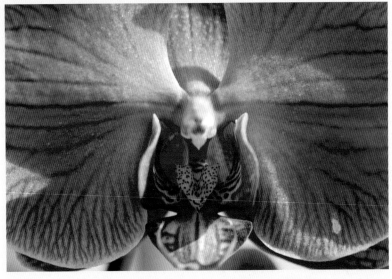

图8-11 拍摄参数：1/125s，f/5.6，ISO 200

◆ 利用大光圈

　　大光圈，则小景深，可以虚化背景。为了突出主体，通常使用大光圈，这样主体清晰，而背景模糊。一般情况下，镜头大光圈端成像质量不是最佳，使用时应谨慎。

　　图8-12是用微距拍摄的花的局部照片。照片的主体是花心，花蕊上的花粉清晰可见。使用的是散射光，没有阴影，立体感较差。用大光圈，背景虚化。

图8-12　拍摄参数：1/80s，f/6，ISO 160

2 昆虫微距摄影

　　昆虫微距摄影要比花卉微距摄影难度更大些，因为有的昆虫会飞，有的昆虫会蹦，有的昆虫会爬。但拍照时需要稳固，会带来一定的麻烦。因此，在拍摄昆虫时抓住时机十分重要。另外，拍摄昆虫时镜头不能距离昆虫太近，否则昆虫会跑掉的，这一点也是与拍摄花卉不同的地方，因此拍摄昆虫时要选用焦距较长的微距镜头。下面是拍摄昆虫的经验介绍。

◆ 掌握拍摄时间

根据昆虫的生活习性，在清晨温度较低时，昆虫们多是静止不动，随着太阳升起，温度升高，昆虫逐渐活跃起来。当昆虫刚刚活跃起来时，是拍摄的最好时机。还有当昆虫吃饱喝足需要休息时，也是拍摄的最好时机。

图8-13和图8-14都是用微距镜头拍摄蝴蝶的照片。抓住蝴蝶落在某处暂息的时候，按下快门，留下昆虫的影像。这两张照片所拍摄的蝴蝶的种类不同，停落的姿态不同，停落的地点不同，给人们留下了不同的美。

图8-13
拍摄参数：
1/250s，f/5.6，
ISO 250

图8-14
拍摄参数：
1/200s，f/5.6，
ISO 250

✓ 抓住拍摄时机

昆虫的活动通常是有规律的。掌握规律，抓住时机是拍摄昆虫的准则。抓住昆虫处在有利于拍摄的位置进行拍摄。有时需要引导和等待，由于昆虫都是好动的，需要抓紧时间，否则会错失良机。

图8-15是一种小蚂蚱落在花朵上的照片，是使用微距拍摄的，因为蚂蚱很小，不用微距难以拍清楚。开始时，小蚂蚱在花的绿色叶子上，由于它本身的颜色与绿叶颜色很接近，难以将它拍摄清楚，于是将它赶到金黄色的花朵上，这时它本身的颜色与花的颜色形成较强烈的对比。抓紧时间按下快门，留下这张照片。刚照完，它就蹦到别的地方去了。

图8-15　拍摄参数：1/1000s，f/5，ISO 160

图8-16　拍摄参数：1/320s，f/9，ISO 200

图8-16是一张用微距拍摄的昆虫照片。这张照片的两只昆虫是一公一母，它们正在交配。昆虫交配时，多数情况比较安静，是拍摄它们的好时机。

✍ 选择拍摄地点

拍摄昆虫首先要熟悉昆虫习性，例如，蜂类、蝶类、金龟子等昆虫喜欢花朵，花朵对这些昆虫来讲是难得的香甜食物。拍摄这类昆虫时，可以在有花朵的地方寻找。这些昆虫在花朵上会有较长时间的停留，它们在花朵上取食时会放松警觉性，可以更容易地接近它们。

图8-17是一只蜂类昆虫的照片。这张照片是用卡片式数码相机的微距模式拍摄的，相机镜头距离昆虫很近，主体突出、清晰，色调鲜明，明暗对比明显，有阴影出现，立体感较强。

图8-18是一只金龟子的照片。金龟子是以食用花朵和树叶为生的，经常在一些花朵上和枫树叶子上看到它，它会将花瓣和树叶吃出一些大小不等的洞，它是一种害虫。金龟子在进食时比较安静，可以靠近拍照，但是距离太近也会飞掉。

图8-17　拍摄参数：1/350s，F/10，ISO 200

图8-18　拍摄参数：1/125s，f/4，ISO 200

寻找拍摄对象

拍摄昆虫首先要找到昆虫，发现昆虫，有些昆虫处于自我保护，它的颜色与周围环境十分相似，不仔细查看难以发现，因此拍摄昆虫的前提是找到昆虫。

寻找昆虫的方法除了仔细观察外，还要根据昆虫的习性寻找，例如，有的昆虫会叫，就要根据昆虫的叫声分析判断它的位置。还要知道昆虫喜欢去的地方，便可有的放矢地进行寻找。

图8-19是一张典型的昆虫与其背景难以分辨的例子。画面上的这种昆虫趴在绿色叶子上不仔细观察是发现不了的。一旦发现了它，便可以将它引导到一个易于拍摄的地方进行拍照。

图8-19　拍摄参数：1/100s，f/2.8， ISO 200

图8-20是一张用微距镜头拍摄的昆虫照片。照片上的这种昆虫会叫，凭着叫声来寻找它，它通常趴在草梗上或灌木枝杈上，有时也趴在树干上或树枝上，它喜欢太阳光。照片上的昆虫趴在一棵松树干上，身体的颜色与树干差不多，不仔细观察是难以发现的。这种昆虫听到动静后，就会跑掉或者飞掉。它长着长长的翅膀，飞得很快。捕捉它时，要悄悄地接近它，别让它发现，然后迅速用手去捕捉它。这只趴在树干上的昆虫，听见动静就不叫了，趁它还没有来得及跑掉时，赶快按下了快门。

图8-20　拍摄参数：1/400s，f/5.6，ISO 200

拍摄昆虫眼睛

拍摄昆虫时，通常要对焦在眼睛上，拍出昆虫的眼神。下面3张照片的主体是昆虫，对焦在昆虫的眼睛上，显出昆虫很有精神气。

图8-21是用微距拍摄的小蜜蜂。图8-22是用微距拍摄的小螳螂。

图8-21
拍摄参数：
1/400s,f/5.6,ISO 200

图8-22
拍摄参数：
1/400s,f/7.1,ISO 200

第5章
风光摄影

第6章
儿童摄影

第7章
花卉摄影

第8章
微距摄影

图8-23是用微距镜头拍摄的一只大蚱蜢。由于背景太杂乱，为突出主体，背景用了一块黑布。为了怕蚱蜢跑掉，使用单反式数码相机焦距为105的微距镜头，这样可以距被摄对象稍远些，使用较大光圈，尽量虚化背景。

图8-23　拍摄参数：1/125s，f/5.6，ISO 400

8.4 微距摄影欣赏——蝈蝈和螳螂的风采

前　言

蝈蝈是一种人们喜欢的宠物，它会发出令人喜欢的摩擦声，这种声音是由它的两个短翅摩擦而发出的。也有人不喜欢，因为它叫起来让人睡不好觉。冬天，有许多人怀揣一只冬蝈蝈，专听它那悦耳的哀鸣声。我小时候就喜欢它，现在也喜欢，每年夏末，花几元钱买一只，顺便拍几张照片。

螳螂是一种常见的益虫，吃农作物的一些害虫。它捕捉有害动物的本事很大，我曾在电视里看到过螳螂捕捉小田鼠的镜头，它最终消灭了小田鼠。这里拍摄了一些雄、雌螳螂的生活镜头。它们长有两把"大刀"很威风，不少小动物见它都害怕。雌螳螂爬行很快，雄螳螂小巧灵活，除了爬行外，有时还可飞行。我也很喜欢它们，见到了总会留个影。

这是一只我饲养的豆地蝈蝈，身子绿，肚子黄，经常生活在绿色植物里，特别喜欢在生长豆类的地方，叫起来声音清脆悦耳。把它放在一个海螺上，使用微距镜头拍下这张照片。

这是一只铁蝈蝈，多生活在灌木丛中，叫起来声音大而尖，特别是在晒太阳时叫得更加欢快。把它放在一棵石榴树上，趴在一个大石榴上，边晒太阳，边梳理它长长的须子。

　　把这只蝈蝈放在白色的贝壳里，衬托出它美丽端庄的外形，2条长长的须子，4只小腿，2只大腿，脖子后边长出2个短翅膀。它的翅膀不是用来飞的，而是用来摩擦发音的，蝈蝈的叫声就是从这里发出的。

　　这是一只人工
繁殖的蝈蝈。春节
时买的，在家里通
常可以养到夏天。
春天来了，天气暖
和了，把这只蝈蝈
放回自然，它趴在
一朵紫玉兰的花苞
上，我用微距镜头
拍下了这张照片。

一只趴在酸枣树上的雌螳螂，它不是为了吃酸枣，而是在这里等候着爬来或飞来的昆虫。它喜欢待在与它身体同样颜色的物体上，这也是一种自我保护，不会被它的天敌发现，也不会被它爱吃的食物发现。螳螂的天敌是鸟类和其他比它大的昆虫。

　　这个趴在茄子叶上的是只雄性螳螂，它长得比较苗条，会飞，动作非常灵活。当有动物出现在它面前时，它会展示出张牙舞爪的姿态，这是一种示威，告诉别的动物，我不是好惹的。这样有的动物就退却了，它便趁机逃跑。这张照片是有人故意用手指挑逗它，它摆出一种防御的姿态时抓拍的。

这是一只雌螳螂，肚子比较大，行动起来比较慢。它趴在玉兰树的绿叶上，正在抬头寻找下一步落脚的地方。它不能飞，只能从一个地方爬到另一个地方，它喜欢呆在比较开阔的地方，便于让雄螳螂发现，达到求偶的目的。

　　这是一只土褐色的螳螂，它趴在一片树叶上，抬头张望，发现"敌情"后，它会迅速逃离；发现食物后，它会立即用"大刀"把食物抓住。螳螂的食物通常是农作物的害虫，因此螳螂是益虫。这是用单反式数码相机微距镜头拍摄的，光圈较大，螳螂的头部清晰，身体被虚化，用侧光拍摄，树叶上留下了螳螂的影子。

　　这只雌螳螂趴在树叶上，它正在梳理它的"大刀"，好像要迎接一场博斗。螳螂的一个生活习性是在休息时梳理自己，有时梳理"大刀"，有时梳理小腿、大腿或翅膀。这张照片是在傍晚时间使用微距镜头选用侧光拍摄的。为了把这只螳螂全身各部位都拍清晰，需要选择合适的角度。

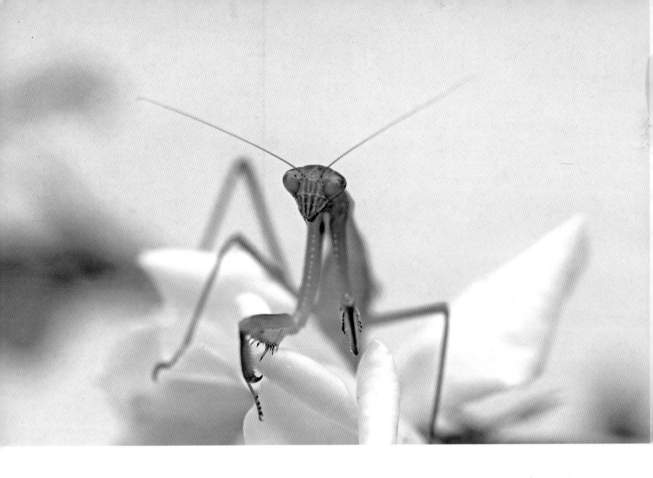

　　这只绿色的雌性螳螂趴在一朵黄色的月季花上。利用相机的微距模式，拍摄它的头部，由于景深小，只有它的头部清晰，身体被虚化了。螳螂的头部是最美的，我喜欢拍摄螳螂的头部。这张照片留白较多，显得清辙明快，淡淡地勾勒出螳螂的雄姿。

后　记

　　许多动物是人类的朋友。比如，螳螂就是帮助人们消灭农作物害虫的朋友。有报道，人们为了消灭农作物的害虫采用打药的办法，害虫消灭了，但农作物的果实上残留下了农药。现在，有人不打农药，通过养殖一些专门吃害虫的动物来消灭害虫，确保农作物不受农药的污染，这是值得推广的既环保又经济的好办法。